7.5
Welcome to the Classroom of the supreme principle of force
Kadokawa Fantastic Novels
歡迎來到實力至上主義的教室
衣笠彰梧
トモセシュンサク

松下千秋

篠原皐月
佐藤麻耶

長谷部波瑠加

佐倉愛里

輕井澤惠

綾小路清隆

7.5
Welcome to the Classroom of the supreme principle of force
歡迎來到實力至上主義的教室

歡迎來到
實力至上主義的教室
Welcome to the Classroom of the supreme principle of force
7.5
衣笠彰梧
KINUGASA SYOUGO
トモセシュンサク
TOMOSESHUNSAKU
Kadokawa Fantastic Novels

# 歡迎來到實力至上主義的教室 7.5

Welcome to the Classroom of the supreme principle of force

## contents

彩頁、內文插畫／トモセシュンサク

# 第一個冬天

迎接早晨的現在，外面也依然一直靜靜地下著雪。

二十五日，世上正值聖誕節。

世界各地大概都會充滿與重要的家人或戀人共度時光的人們。至少在這所學校裡應該也有那種情侶們才對。

因為接近約定時間了，我開始整理儀容。

「……已經超過八個月了嗎？」

入學這所學校之後，時間的流逝真的很快。

這也代表我自己很享受學校嗎？

我稍微打開通往陽台的窗戶，冷風灌了進來。

女生的笑聲也同時傳到了房裡。

她們接下來好像要去櫸樹購物中心玩。

「我也差不多該出門了呢。」

發現時間過了十一點半，我關上了窗戶。
我今天和佐藤麻耶有約，是個約會的日子。
不知道我在這天……會不會有什麼變化。
不過，至少我會把這看成是對我來說很有意義的一天。
否則我應該就不會想要約會了吧。
喜歡上別人。
覺得別人很重要。
光是共度相同的時光就可以共享幸福。
昇華成無可替代的存在。
我能體驗到那種情感、那種事件嗎？
寒假的小故事，於前天的二十三日——平安夜前一晚拉開了序幕。

## 戀愛的箭矢

十二月二十三日，晴天。

早上醒得非常舒服。

暢快到令人難以置信。明明起了床，卻被一種仍在夢中般的舒服感包圍著。

這是第一個降臨在我身上的變化。

如果有人問我有什麼改變，我會堅決地回答ＮＯ。

但是，我並不是真的沒有任何改變。變化其實是有的。

我有了戲劇性的變化。

因為束縛著我的討厭的過去，從我輕井澤惠的身上消失了。

但正確來說，好像也不是這樣。我是得到了力量不輸給束縛我的過去。

那是昨天宣告第二學期結束的結業式之後發生的事情。

我被龍園翔叫了出去，受到了應該稱之為霸凌的行為。

雖然說出來很糗，但那就是實際發生過的事實。

我墜到了谷底。

在以為自己為了尋找救贖才逃來的這所學校再次被打入了地獄。

而且，我還聽說了各種事情。其中最衝擊的，就是指引真鍋她們霸凌我的人就是清隆。

我一開始很絕望，心中更是湧出了憤怒。可是……就結果上來說，我還是被他拯救了。

經由清隆的雙手。

從屋頂平安生還後，在下面等著我的是前學生會長與茶柱老師。他們沒和我說什麼，就只有照顧我不被不相關人士看見。老實說，如果沒有那些照料的話，我大概沒辦法平安無事抵達宿舍吧。那兩人只說是按照清隆的指示行動。我覺得是因為清隆知道那是唯一能讓我安心的辦法。

屋頂上的那種事件，是我自己被真鍋她們霸凌且露出馬腳才撒下的禍因。

如果我有甩開過去的力量，就可以表現得更加堅定了。

可以不被人看穿國中時代的事就解決。

……不，不是這樣。從根本上來說，本來就是我不對。

我為了讓自己看起來很了不起，而不斷地表現出傲慢的態度，所以就算那樣會帶給真鍋她們不愉快感也沒辦法。那就是我選擇的不讓人欺負的方法。那就是其中的壞處。

「呼……」

我嘆了口氣。但這不是不好的嘆息。

這該怎麼說呢？該說是一口充滿想法的嘆息嗎？嗯——我沒辦法好好表達。

不過有一件事情是確定的。

那就是無論睡著還醒著，我的腦子裡都是清隆。

從昨天開始，他就烙印在我的腦海裡揮之不去。

「……是說，真是的，該怎麼說呢，這算是犯規了吧……」

體溫明明正常，身體不知怎的卻在發燙。

我按著發熱的額頭，閉上了雙眼。

綾小路清隆。一年D班。

我一開始真的沒把他放在眼裡，只把他當作存在感薄弱的同學。

雖然有些人說過他很帥，他也曾經蔚為話題，但當時我很不感興趣。

再說同學們也馬上就忘了清隆。現今社會，溝通能力也是受歡迎的重要要素。清隆決定性地缺乏那點。

就算再怎麼會運動，如果沒有伴隨其他要素，就無法在受歡迎度上發展開來。

因此，以洋介同學為首，A班的司城同學或B班的柴田同學更是特別受歡迎。

但真正的清隆不是不擅長聊天，他很聰明、成熟且冷靜，擅長運動到甚至不輸給高年級生，而且而且，還強得教人難以置信……

儘管也有冷酷且殘忍的特質，可是……他到最後還是幫助了我。

「啊……！」

莫非，我在不知不覺間對清隆——

「不、不不不！不可能、不可能啦！」

我按著應該已經紅透了的臉，同時用力左右搖頭。

滿臉通紅地慌張起來……簡直就像是戀愛中的少女。

我並不是否定戀愛。我也是個想要好好談戀愛的女孩子。可是，該怎麼說呢，我心裡不太能認同自己用那種眼光看待清隆。

「對嘛，這當然不行。我都是因為他才會嚐到苦頭……」

倒不如說，光是我沒恨他，我都想請他感謝我了。

除此之外連我的心都要帶走，我是不可能會允許那種好事的。

我站在鏡子前梳整起床後蓬亂的頭髮。

「不過，我人也太好了吧。」

就算我自己也有錯，但一般人能原諒清隆做過的事情嗎？

大概沒辦法。當然沒辦法。不如說還會恨他才對。

我是個心胸寬大的人，就是因為這樣，所以我一定可以諒解這件事情。

你該感到心滿意足了，清隆。

我在腦中把話這麼說出來，甩開錯誤的妄想。

不過，我不會在清隆面前提及自己已經原諒他。

倒是我要不要稍微讓他傷腦筋呢？讓他以為我在氣被他利用，應該也是很剛好。

再說，下次看見清隆的臉，我實際上也可能會湧出憤怒呢。

正當在我想著這種事情的時候，手機就收到了訊息。

『今天十一點就麻煩妳嘍，輕井澤同學。』

「啊～對耶，好像有這麼回事。」

是同學佐藤麻耶傳來的聯絡。明天就是二十四日了。今天我收到佐藤說有事商量，所以想要見面的聯絡。

我平常和佐藤同學要好的團體不一樣，所以來往不深。就同學來說關係當然算是不錯，但我還是第一次像這樣被單獨約出去。

「話說回來，我還真是有精神耶。」

昨天明明才嚐到被人從頭上倒下好幾桶水的苦頭，我還真想誇獎現在生龍活虎的自己。當然，我在冷到骨底之後是有馬上泡澡暖身體，但普通女生大概會感冒，就算睡個三天三夜也不足為奇。

「因為我太習慣那種惡劣手法了……開玩笑的啦。」

我好像變得可以輕鬆地說出一點自嘲哏了。

昨天為止的我。

那是我深信已經改變，其實卻沒有改變的自己。

我害怕被霸凌，總是覺得畏懼。內心深處一直都是一片漆黑。

但是現在我可以斬釘截鐵地這麼說——

我應該有一點改變了吧。

我脫下睡衣，身上只剩下內衣褲。

這時，刻在自己身上的傷痕，無論如何都會映入眼簾。我就算不願意也會看見。

每天面對這個傷口，我都會變得既鬱悶又想死。

不過，我已經沒有昨天那麼在意了。

那明明就是令我如此憎恨、不甘心，又悲傷的傷口。

居然僅僅一天之內就會有這麼大的改變，真教人難以置信。

「話雖如此，那也沒辦法給男生看就是了……」

看見這種傷口，異性可是會退避三舍的。女孩子的肌膚既柔軟光滑且漂亮……因為這道傷會打碎那種幻想。就算再有愛也一定都會冷卻掉吧。

呃，我也沒有預定要給別人看就是了……我在心裡這麼補充。

不過……

雖然可能只是沒露出表情……可是清隆……他不一樣呢。

他就算看見我這道傷口，就連說噁心都沒有。

他只是沒說出口嗎？還是因為船裡很陰暗呢？或者說，他當時只是為了威脅才沒想到噁心而已呢？

他只是在騙人嗎？心裡其實覺得很噁心？

或者——他是真的不覺得噁心呢？

我的腦中重複著肯定與否定。

但那種事情不可能會有什麼答案。

我重複著自問自答，並發現了很重要的事情。

「是說，那傢伙用手碰過我的身體了吧……」

雖然我當時沒有餘力思考，但這應該相當不得了吧？

他摸了我的大腿，我的制服還差點被他扒開……

以前就連男生都沒保護被女生當作細菌或害蟲的我。整個班級、整個年級在把我當作女孩子看待之前，甚至沒有把我當作人來看待。我就連男生的手都沒有好好握過了，那傢伙到底都對我做了什麼呀。

「啊，真是的真是的真是的！我又開始想了！我這個笨蛋！」

先把清隆的事情封印起來吧。就這麼辦。

那是一場意外，所以我必須忘掉才行。

我將手臂穿過袖子，流暢地換了衣服。

## 1

在準備上稍微花了點工夫的我小跑步朝著目的地前進。

迎接寒假的櫸樹購物中心裡滿是學生。

大部分的學生好像都過來玩了，外出的人遠比平常的假日多。

「說得也是。畢竟也只有這個地方能玩。」

必要的東西這裡都有備齊，所以我並沒有不滿，不過這樣也很沒新鮮感。

總算是沒遲到就抵達目的地的我，對著在約好碰面的咖啡廳入口旁邊拿手機等我的佐藤同學搭話。

「早安，佐藤同學。」

「啊，輕井澤同學！早安！」

佐藤同學的眼神閃閃發亮，對著我招手。她好像去了美容院，頭髮整理得很漂亮。光是那樣，就會讓人不禁產生各種想像。

佐藤同學是昨天晚上說有事要商量。

我身心俱疲，但仍隱瞞了那件事實。這是當然的。因為我被叫到屋頂並被潑冷水對任何人來說都是「沒發生過的事」。

也就是說，從佐藤同學她們看來，我必須是平時的我才行。所以，即使我也可以拒絕商量，最後還是決定接受了。

況且……我不久前開始也很在意佐藤同學的行動。

「抱歉呀，突然把妳叫出來。」

「小事啦，別在意。」

「妳能這麼說真是太好了～」

我跟一臉開心的佐藤同學兩人按照計畫進入店裡。

雖然店裡原本就是客滿的，但因為我們進去時剛好有一組客人出來，所以得以順利進去。

「果然人山人海～」

我這麼脫口而出。這個盛況讓人很傻眼。

「是因為寒假所有年級都沒在考試嗎？」

我也和這麼說的佐藤同學抱著相同疑問。

暑假時，我們一年級生馬上就搭上了豪華郵輪去航海。可是，這次卻可以看見許多各個年級的學生，所以感覺沒有在舉行特別考試。

這所學校應該至少也會給學生放寒假這點福利吧。

或是年底年初時會開始某種考試之類的呢？如果是這樣的話，還真是討厭。

「如果妳早餐還沒吃的話，就盡量點喲。全部由我請客。」

佐藤同學掛著笑容叫我別客氣。

我便恭敬不如從命地點了美式司康跟咖啡歐蕾，接著和她兩個人坐在店家中央附近的兩人小桌位。

「所以，妳要找我商量什麼？」

商量還要請客，這也就代表是相當重要的請求吧。

我稍微端正坐姿，側耳傾聽。

「嗯、嗯。那個呀，其實……我過不久就要約會了呢。」

佐藤同學這麼開口。

「……約會？」

我雖然很吃驚，但還是壓抑情緒反問。

「對呀。」

佐藤同學紅著臉，點了兩三下頭。

不好的預感果然應驗了。

如果我的預測沒錯，那個對象就會是——

「呃——妳是要跟誰呢？」

佐藤同學簡直就像在等著被我這麼問。

「是綾小路同學喲。很意外……對吧？」

佐藤同學害羞卻開心地這麼嘟噥道。

我的耳裡突然出現了輕微的耳鳴，但還是故作平靜。

我接下剛送來的司康，咬了比平常還更大的一口。

碎屑散落到了托盤上。

我將咖啡歐蕾嚥入乾燥的嘴裡。

「哦……原來佐藤同學妳的目標是綾小路同學呀。真意外～」

我當然有發現佐藤同學應該喜歡上了清隆。

可是，既然我之前沒有直接被她找去商量，先這麼回答才比較說得過去。

「果然很意外嗎？我自己也有點驚訝呢。可是，之前不是有體育祭的大隊接力嗎？看見他跑步的樣子，我就不由得覺得很心動呢。」

佐藤同學有點興奮地這麼說，連聽著的我都覺得害羞了。

她的樣子真的就像是「戀愛中的少女」。

「不過，他不是很沒有存在感嗎？如果是佐藤同學的話，感覺也會有其他不錯的男性人選就是了呢。妳看，例如別班的司城同學。」

他在同年級裡也算是頗有水準的帥哥，有段時間曾經引起熱烈討論。

「雖然最近沒人在討論他，但他怎麼樣？」我試著如此推薦。

「他應該不行吧——不久前好像就開始和同社團的高年級生交往了。」

原來如此呀。因為已經銷出去了，所以才會變得都聽不見傳聞呀。

就算是在電視上轟動的偶像，不論男女，要是有對象的話，人氣就會急速下滑。

「這樣呀。那麼，里中同學呢？他現在應該也是單身吧？」

「他確實是很帥氣啦……但總覺得不對呢。」

就算我試著推薦其他受歡迎的對象，佐藤同學感覺也完全不為所動。

看來佐藤同學好像並不只是以清隆的外表來判斷。

是說，這樣就很像是清隆的外表輸給了司城同學或里中同學一樣……他現階段只是不起眼而已，就算要比較外表，清隆無庸置疑地也屬於頂級。

也就是說，墜入愛河的佐藤同學也發現到了這件事實了嗎……

對男女生來說，搭檔的外表都算是一種身分地位。

和這種帥氣的男生交往、和這種可愛的女生交往——光是這樣，自己的評價也會一起提昇。

就跟我透過和平田同學交往所得到的東西比我想像中還多一樣。如果佐藤同學和清隆在這個時間點交往，今後佐藤同學的身價說不定就會暴漲。假如清隆展現才能並且嶄露頭角，評價真的也有可能比平田同學更高。

雖然清隆在大隊接力上逐漸受到注目，但現狀並沒有想像中那麼吸引女生的興趣。平時的安靜態度或只和堀北同學說話的形象，大概也算是沒連繫到女生喜歡的風潮的主要因素。還有，曾經和池同學、山內同學、須藤同學那種極度不受女生歡迎的壞朋友待在一起，也是個很扣分的形象。

話雖如此，佐藤同學目前為止和清隆應該都沒有那麼深的交集。

只因為大隊接力的一幕就喜歡上他還是什麼的，不是有點太輕率了嗎？

我才比她更了解清隆。

該說是本性嗎？佐藤同學應該也完全不了解清隆漆黑的一面。

啊——真是的，不對不對！現在那種事都無所謂。

我沒道理批評佐藤同學，而且我的立場必須聲援她。

因為我是平田洋介同學的女朋友。

根本沒理由阻礙別人的戀情。

所以，我要作為平田同學的女朋友、作為D班女生領袖般的存在——輕井澤惠，對佐藤同學逼問下去。

「雖然問這種問題也有點怪怪的啦，但妳真的要把那種人當作目標嗎？」

我如果不了解清隆的本性，應該就一定會這樣問她。

「……嗯！」

面對這種詢問，佐藤同學仍毫不遲疑地點頭回答。

佐藤同學的意志好像很堅定，不是抱著開玩笑的心情打算接近清隆。

雖然那種事情，我早就發現了。

「有喜歡的對象不是很好嗎？再說，綾小路同學現在應該也是單身。」

「對呀，所以我才想說應該是個機會。假如連其他女生們都喜歡上綾小路同學……只要這麼想，我就會不禁覺得焦躁呢。」

和朋友或摯友諮詢戀愛問題，結果後來喜歡的男生就被搶走——這種插曲世上多得是。佐藤同學會提防這種事也不奇怪。

她大概是估計如果是擁有學年中數一數二男友的我，那種風險應該非常低吧。

話說回來，發展到寒假約會還真是超乎了我的想像。

清隆那傢伙明明就感覺對佐藤同學沒興趣，而且都發生了屋頂上那件事情，結果他要做的事還是都做了呢。

我無意間把裝吸管的紙袋撕成了碎片。

「……莫非妳要商量的，就是和那個約會有關的事情？」

我反問後，佐藤同學就眼神閃閃發亮地點頭。她的眼神從剛才開始就太閃耀了。

「嗯。妳看，像是約會的成功祕訣？我在想怎麼做會比較好。妳是怎麼和平田同學交往的呀？我希望妳可以多告訴我這種部分。」

D班裡明確聲明正在交往的，就只有我和洋介同學。就算她和別班的朋友求救，狀況頂多只會變成別人在問清隆……不對，是在問綾小路是哪位。

也就是說，佐藤同學來拜託我情有可原。

「輕井澤同學，妳不是入學後馬上就跟平田同學在一起了嗎？」

「嗯。算是啦。雖然也沒什麼大不了。」

「這可是很不得了的。真的很厲害耶，我很佩服妳！」

說完，佐藤同學就裹住我的雙手似的緊緊握住我。

「所以，請妳把那種本領傳授給我！」

「那算不上是本領啦……」

說起來，我根本就沒辦法回答佐藤同學尋求的任何答案。

我從國中時期醜陋的霸凌中逃出，決心要從被霸凌的那方轉為不被霸凌的那方，於是就接近了平田。回想起來，我的運氣真的非常好。

那是我釐清洋介同學不是那種人才做出的行動，但這真的是很碰運氣的賭注。如果我在拜託他讓我扮演假女友時遭到拒絕，結果就會變得跟現在完全不一樣吧。而且，或許我不只會被他狠狠甩掉，被霸凌的過去可能還會被他抖出來給大家知道。

洋介同學打從心底珍惜和平，是個很理想的對象。他欣然接受了這件事，說如果裝成我的男朋友我就可以得救的話，那他也很樂意。

所以，我就依賴了那樣的他，選擇受他那把和平之傘保護。

班級中心人物洋介同學的女朋友——這種地位比我想像的發揮了更多效力。

剛開始那段時間，班上的女生也會嫉妒或眼紅，但那些也馬上就消失了。

我想起自己一路以來被人做過的事情，然後就對各種學生態度高傲。奢侈的購物、討零用錢的舉止，我全都模仿了起來。

於是，就得到了D班女生的領袖之座。

可是，建立了滿是虛假地位的我，辦得到與辦不到的事情是很分明的。所以，就算被佐藤同學拜託講解戀愛，我也沒辦法回答。

沒有戀愛經驗的人，無法知道什麼戀愛技巧。

我們剛交往時，為了廣為讓周圍的人知道「我們正在交往」，於是反覆做過近似於約會的行為，但我們的心意並沒有相通。所以，我現在也完全不知道什麼是正確的、什麼是錯誤的。

我不想辜負佐藤同學的期待。不想讓她覺得我不擅長談戀愛。

如果是以前的我，我應該會賣弄雜誌或電視上看來的一知半解知識，把那些挪用成猶如自己體驗過的約會那樣侃侃而談吧。

不過，現在我漸漸有了改變。

面對佐藤同學——面對信任我的對象，我不想隨便亂說話。

最近，因為我開始討厭那個扮演強勢且傲慢角色的自己，所以一時間還差點脫口說出真相。

但那些事情我一個字也不能講。我在這所學校裡，必須坦蕩蕩地當洋介同學的女朋友。

所以就算是不想說的謊也必須一直說下去。

……真的是這樣嗎？

對我來說，洋介同學的存在現在還是不可或缺的嗎？

這種時候，多餘的想法又閃過了我的腦海。

眼下對我來說的唯一危險因子——真鍋和龍園他們，都已經因為清隆的作戰（？）而被排除掉了。換句話說，霸凌的事情不會再被公諸於世。

再說，我也有那種日後不論發生什麼，清隆都一定會幫助我的安心感。

當洋介同學的女朋友很有好處，但就算撇開了那一點，我在這所學校的地位也都已經不會被奪走了吧。如果變成是我被洋介同學甩掉之類，那多少是會有點糗，但視我們兩人商量的結果而定，總覺得可以進行得很順利。

那樣我就可以毫無顧忌地變成單身。

變成單身的話，也就可以談一場真正的戀愛了。

換句話說——

是說，現在就算想那種事情不也都沒有用嗎？眼前的佐藤同學，正在期待並等著我的優良回答。和洋介同學繼續交往的意義，之後再思考就可以了。

我這次一定要把上前打亂了我好幾次的多餘思緒趕到角落。

「聽妳說的這番話，我想妳不是想要嘗試性的約會，而是為了和綾小路同學交往的認真約會，對吧？」

「嗯！」

意思就是說，這是場為了攻陷清隆的約會。

「怎麼做才會順利呢？」

「我想想——……」

我認真思考。思考讓佐藤同學和清隆交往的辦法。

……嗯——要怎麼做才能攻陷那個傢伙呀？

他和其他男生有明顯的區別。會談普通的戀愛嗎……

還是說，他其實很憧憬普通的戀情？

正因為哪一種都有可能，所以這是判斷的困難之處呢。

正當這種疑問在我的心裡不斷浮現又消失的時候，佐藤同學拿出了手機。

「有點太籠統了嗎？呃——雖然我算是新手，但還是有試著想了約會計畫。麻煩妳幫我鑑定！」

然後她低著頭，將寫在手機備忘畫面上的約會計畫拿給我看。

十二點會合↓午餐↓電影院↓逛街↓在傳說的樹下告白？↓送禮。

雖然非常簡略，但她這麼寫著。

我先是追問了我最先在意的地方。

「嗯，慢著。妳該不會打算在第一次的約會上告白吧？」

「我在想要不要抱著放手一搏的精神去做……雖然前提是當天有鼓起勇氣。」

我還以為她會慢慢增進關係，結果居然是超乎想像的短期決戰。

「這樣不會太快嗎？我覺得約會兩三次之後再告白也不遲。而且說不定也可以發現對方不好的部分。」

雖然擅長談戀愛的女生好像也會有立刻判斷之類的情況，但畢竟佐藤同學在戀愛上近似於新手，我覺得應該要更加穩穩地進行。

是說，由同樣也是新手的我來講，實在也很沒有可信度……

但與其說是對結果感到焦躁，她更讓我覺得好像是把虛榮心擺在優先。

說不定佐藤同學想在第三學期開始當別人的女朋友。

「而且這個傳說中的樹下是什麼東西？難道是發誓相愛就會一輩子都在一起嗎？」

這個學校裡會有那種都市傳說般的樹嗎？

假設真的存在著不可思議的力量，在這個無法預測未來的時代裡確定十年、二十年後都會待在一起，或許沒辦法說只會是一件好事。

當弄清對象是自己會想分手的那種沒用男人時也得白頭偕老，已經算是種詛咒了。

「雖然好像沒那麼有名啦，我是看了學校的布告欄才發現的。有人說在那棵樹前告白成功，而且這種回報還滿多的。」

哦……我都不知道耶。我也產生了興趣並且試著調查。

接著，就發現那好像真實存在，學校的電子布告欄那邊介紹了好幾則順利告白的案例。

聽說那是這所學校創設時某個大人物贈送並移植的樹，而那棵樹的樹齡似乎超過了五十年。

「這麼說來，好像是有幾棵壯觀的大樹……」

因為我平時都沒那麼注意樹的事情呢。

告白時間要在傍晚日落前，下午四點～下午五點。上面寫著條件是那個時間要四下無人。如果滿足那些條件的話，據說百分之九十九會成功。

說是百分之九十九，實在有些可疑之處呢。

「話說回來，這不是滿困難的嗎？這個告白的時間點。」

「對呀，如果告白的瞬間有不相關人士在場，據說就會不順利。」

這個時段人來人往的，好像會很難抓時機。而且，就算有很多其他男女想執行這個傳說也不足為奇。

不好好延續對話並把狀況引導成兩人獨處是不行的吧。

當然，這種東西是迷信，感覺只是在祈求好運。但人為了讓人生中難得的告白成功，什麼方式都會想試試看。

就算是我，如果要一決勝負，即使是百分之一我應該也會想提昇可能性。

「那個呀，妳喜歡上綾小路同學的理由是什麼呀？」

「咦，為什麼這麼問呀？」

「不，抱歉。因為我完全不了解綾小路同學，很難想出他的形象。我在思考妳是喜歡上他的哪裡。喏，如果先問妳的話，似乎也能在約會計畫之類的建議派上用場吧？」

我這麼問完，佐藤同學就害臊似的邊用掌心遮著臉頰，邊嘟噥道：

「嗯——……首先就是很帥吧？平時文靜成熟，明明如此卻跑得很快……考試也比我厲害，不算是笨蛋……妳看，雖然我覺得平田同學當然更優秀啦，但其他男生幾乎都很幼稚。」

她大概是在說池同學或山內同學吧。那點我也同意。

他們甚至讓人覺得實在不像是同個年紀的。班上的男生幾乎都很幼稚。

所以這個時期大部分女生都會對同年級生幻滅，然後奔向學長。

「我、我說的這些事情，妳要對其他人保密喲。而且，我也不想讓其他人發現綾小路同學的好。再說，要是我不習慣和男生相處的謠言傳開也很糗。」

「找我商量就沒關係嗎？」

「這也是因為輕井澤同學是平田同學的女朋友，所以我覺得很放心。」

平田同學的存在果然有很大的影響。佐藤同學很仰賴我。

雖然被人依賴成這樣，我是不會覺得不愉快啦……

但為什麼偏偏就是清隆呢？

如果是其他男生的話，我就一定可以抱著坦率的心情為她加油了。

心裡也就不會這麼放不下心了。

這也是所謂的命運嗎？

「唉……」

我不知不覺就嘆了口氣。和早上不一樣的沉重嘆息。

但佐藤同學聽見嘆息，表情轉眼間就變得很陰鬱。

「果……果然會給妳添麻煩嗎？」

「啊——抱歉。我嘆氣完全不是那種意思。真的！」

儘管我急忙否認，心裡也還是很朦朧不清。

……我並沒有喜歡清隆。

只是該怎麼說，因為我和那傢伙的關係很特殊。

我無論如何都會先想到這點。

但現在我必須轉換想法，為了佐藤同學行動才行。這不知道是我第幾次的自問自答了。

「那麼，就重新看一下約會計畫吧。如果午餐要一起吃飯，或許看完電影再吃會比較好。氣氛變尷尬時也可以聊電影的話題呢。」

「嗯！我要順著輕井澤同學妳想的計畫！」

佐藤同學坦率地點頭並拿出了手機。

雖然她大概已經預約好電影了，但就流程來說，那樣會比較好。

如果吃完飯馬上就看電影，說不定也會因為不測的事態而傷腦筋。而且不小心變得想睡也很不OK呢。

我連到電影館的官網。

「所以，關鍵的約會是什麼時候呀？」

首先是能否變更時間，如果不確認這部分，就沒得談了。

「後天！」

「是喔，還滿急的……是說，後天可是二十五日耶！」

我差點忍不住站起來。我急忙把懸空的屁股坐回椅子上。

「嘿嘿嘿。」

不，妳嘿嘿嘿個頭呀……！

十二月二十五日。這對男女來說，都是一整年之中最重要的日子之一。

清隆那傢伙居然答應了二十五日的約會，他在想什麼呀！

這原本應該是情侶們為了更加增進關係而共度的一段時光，是互相確認愛情的日子。很不適合作為一段關係的開始。把那種日子當作約會使用可不尋常。他應該要委婉拒絕並約在二十六日之後才對。

假如男女情況相反，一定會讓人相當反感。

應該會被貼上是個只想滾床單的男生的標籤才對。

我在心裡如此強烈地吐嘈。

「呼、呼。」

「……怎麼了呀，輕井澤同學？」

「不，沒什麼事，妳別在意。」

我幹嘛自作主張地激動起來呀。

他們兩個要在什麼日子約會，也並非不相關的我該插嘴的事情。

那是當事者們的自由。

我應該很清楚才對。啊——夠了，從剛才開始我是怎樣呀！

我對自己的想法滿肚子火。

我對那些錯誤的想法左右搧耳光，強行封印了起來。

「二十五日嗎……不過應該也比明天的平安夜好吧。」

電影院好像也是平安夜那天壓倒性地人潮洶湧。

他們看完電影後就會一直待在一起過節吧。

雖然說會有許多情侶利用，但以全校去看的話，情侶就只存在著百分之十到百分之二十左右。只要不在意時段或座位位置，要重改幾次都可以。

「把電影呀，排在十一點五十分開始，看完就會是一點半。兩點前開始吃飯，三點左右離開店家。接下來再做調整，並在四點鐘過後告白。這種感覺呢？」

我試著粗略調整完時間，這應該就是最好的安排了吧。

佐藤同學好像也沒有異議，心滿意足地點了頭。

「還有——午餐或許先預約會比較好。妳會想坐在窗邊的座位吧？」

如果避開午餐時段，應該可以訂到沒問題。

「另外，如果先預約要點的餐點，也可以請店家製作菜單上沒有的東西喲。」

「這樣呀，我都不知道耶……真不愧是輕井澤同學！」

如果是後天的話，那部分應該也是可以通融。

不過，其實這種事情如果可以全部由男生去想的話就好了呢。

因為這次是佐藤同學告白的舞台，所以應該這樣就可以了吧。

……不過，我不知道這是不是正確答案。

雖然要重複說明也很慚愧，但畢竟我沒有真正約會過……

## 2

在陪完佐藤同學做這種商量，走出咖啡廳之後的回程路上。

我們兩個一面閒聊，一面朝著宿舍前進。

「雖然今天早上也積了不少雪，但聽說明天之後會積得更多。」

聽見佐藤同學的這番話，我便環顧了周圍的景色。儘管有點融化了，但四處都留有殘雪。

這樣下去今年之內或許都會一直下雪、積雪。

啊——雪呀～話說回來，那大約是前年了嗎？同學們對我說過沾到泥土的雪就是巧克力刨冰之類的話，結果就把雪往我嘴裡塞進來。我像在懷念過去回憶地想起了這種事。總覺得那是很久以前的事了。

「做那種事情，到底有什麼好玩的啊？」

「咦？」

「抱歉抱歉，我是在講自己的事情。我太常自言自語了，真是抱歉。」

好像是因為昨天的事件，才令我不禁逐一回憶起那些事情。

這時，佐藤同學的表情變得有點僵硬。

我以為是我自言自語害的，但好像不是那樣。

「雖然我剛才說不出口，但其實我還有一個請求呢。」

「反正我都騎虎難下（？）了，妳就別客氣找我商量吧。」

我拍胸如此回答。

「謝謝妳，輕井澤同學。那個呀，那個，雖然我很高興可以約會……」

佐藤同學好像對關鍵的約會很不安，這麼說了下去：

「但其實那是我人生中的第一場約會……那個，我不知道該怎麼做才好。」

「妳沒跟其他男孩子交往過呀？」

佐藤同學害羞地點頭。唉，雖然我從話題的走向來看就這麼覺得了……

我還以為佐藤同學這種時下的女生應該更早就有經驗了，所以覺得很意外。

「因為對象是妳，所以我才會說出口。都快要變成高二生卻沒有約過會。要是跟身邊的人說，一定會被瞧不起。別人會說我手腳太慢了。輕井澤同學，妳果然也會那樣覺得嗎？」

「或、或許吧。好像有點慢。但這不就只是因為妳沒有真正那麼喜歡的人嗎？也代表妳很保護自己呢。」

「妳能這麼說，我覺得很開心呢。」

我一面掩蓋事實一面圓場。不只是在幫佐藤同學，也是在幫我自己。

「然後呀，我覺得我大概會緊張到沒辦法好好約會。所以，我在想……是不是可以加入輕井澤同學和平田同學來辦個雙重約會。我希望妳可以協助我和綾小路同學順利進行下去！」

她這麼拜託我。我無法理解她提議的內容，一時之間覺得很混亂。

「雙重約會？協、協助？」

「其實我應該早一點說會比較好吧。妳都替我做好了各種預約。」

佐藤同學一臉抱歉地道歉。

預約幾分鐘就結束了，不是什麼大問題。

重要的是，她是拜託我——也就是說拜託一個沒有戀愛經驗的人扮演戀愛邱比特。還有比這可笑的事情嗎？

「不行嗎……？」

「這——」

我毫無疑問應該拒絕。憑我粗淺的知識，一定會暴露出失誤。

啊——不過，如果佐藤同學也是第一次約會，應該可以蒙混過去吧？

我應該在這邊穩重地欣然地答應嗎？

「妳果然還是想和平田同學單獨過聖誕節嗎？」

「咦？」

正當我在煩惱該怎麼做的時候，佐藤同學又露出不安的表情這麼說。

對耶。一般的情侶明後天多半都會一起過。我平常都會確實地掌握住這個部分，但我現在因為結業式的事情被搞得一個頭兩個大。

「我也希望自己像輕井澤同學和平田同學那樣，跟他變成一對理想的情侶。」

佐藤同學認為我過著一帆風順的校園生活，從她看來，這個願望沒那麼不自然，也不是那麼不正常的內容。

可是——

我心裡掛記著一件事。

那跟清隆沒有關係。

而是我並不喜歡洋介同學，也不是真正在和他交往。

我們是假的情侶。

可是，只要一直是假的情侶，我和洋介同學就不會迎接真正的戀愛。

那項事實令我在意。

連清隆都不會把我當成異性看待。

再說，我這種滿是謊言的人能夠幫上佐藤同學的忙嗎？

「這種事情有點……」

我思考到最後打算拒絕，但還是在這裡打消了念頭。

我的腦海從剛才開始就定期地會閃過清隆的存在。

一直不時浮現的話，將會有害心靈健康。

既然如此，讓它不會不時浮現出來就行了。

例如說，沒錯，只要撮合佐藤同學和清隆的話——

那麼一來，不論有什麼萬一，我的心都不會被清隆帶走。

「交、交給我。我來幫妳想辦法。」

「真的嗎！輕井澤同學！」

佐藤同學開心地牽起我的手，然後跳了起來。

……她就那麼喜歡清隆呀？

既然如此，我就必須認真聲援她的初戀才行呢。

我用手掌隨便捧起沒融完的殘雪，接著往額頭上按去。

反省、反省。

我這樣讓腦袋冷卻下來。

如果決定要認真幫她加油，雙重約會這點小事，我就好好完成吧。

現在的我，已經不是國中時期的我。

不是失去三年時光且懷著絕望的我。

而且，也不是入學這所學校之後的我了。

不是只有態度強勢地跟同學相處才會顯得了不起。

清隆

我不能跟國中那些只能透過這種事情保護自己的傢伙一樣。

既然她都忍住自己的害羞來找我幫忙，我如果不專心面對、回答她，就稱不上是真正的朋友了吧。

但如果要變成雙重約會，也會有好幾樣課題出現。

眼前的問題，就是洋介同學有沒有空。我待會兒必須趕緊確認。

我們決定不在聖誕節見面。

就情侶來說，我們已經變成跨年級的話題，不必繼續向周遭強調我們是情侶。也為了不浪費彼此的時間，我們決定各自悠閒度過聖誕節。

如果被別人問起，只要回答在房間約會，也不會引發問題。

就算被人看見自己在外面，只要說安排在晚上會合，就可以躲開話題。

所以洋介同學或許已經有了安排。

「那個呀，我想對綾小路同學假裝偶然跟輕井澤同學你們會合。」

當我在腦中研究各種計畫時，佐藤同學補充了這種請求。

「意思就是說，妳不希望一開始就說是雙重約會？」

「是有點啦。不可以嗎？」

「啊——嗯——……」

當然不是不可以。如果佐藤同學希望那樣，那也是可以。

可是——

我稍微想了想，不過馬上就得出了結論。

「先別那麼做吧。說不定老實告訴他想要辦雙重約會會比較好。」

「這樣呀。他會不會不想要啊？」

佐藤同學好像判斷清隆聽見了這件事情會覺得討厭。

「我覺得安排好的這件事在事後穿幫，才比較惹人厭喲。」

「這樣啊……」

「雖然做決定的人是妳啦。」

我暫且這麼傳達。因為我沒辦法強制說「妳就這麼做吧！」。

佐藤同學一副很煩惱的樣子，但那在我看來可是個錯誤。

那個清隆不可能會沒發現我們設計的作戰。

雖然不知道會是在哪個階段，但他應該遲早都會發現這是設計好的。

可是，我在這個狀況下強烈指出這點，當然只會產生突兀感吧。

清隆意外很敏銳，所以就別這麼做吧——這樣講明顯不自然。

我和清隆沒有任何交集。

因為包含同學在內，那是所有人都擁有的認知。

話雖如此，我也無法斷言雙重約會不好。因為我沒有那種知識。

假如事後調查發現「雙重約會是最適合初學者的約會」之類的新聞，那我也會有責任。請佐藤同學判斷大概就是正確答案了吧。

「當天呀，可以請妳用很自然的感覺會合嗎？嗯，那樣比較好。」

我推薦的方向沒有傳達過去，被佐藤同學請求執行隱瞞雙重約會的作戰。

「如果佐藤同學這樣可以，那我是不介意啦。」

於是，我便坦率地這麼點頭同意了。

接下來，就只能盡量做得別讓他發現。

既然都變成這樣了，我就來試試可以騙那個清隆到什麼程度好了。

「啊，如果洋介同學拒絕了雙重約會，到時就抱歉嘍。」

我只有先把這件事情好好告訴她，接著就回到了宿舍。

我回到宿舍靠在床上後，就緊緊握著手機，仰望天花板。

快回家之前，我的心裡出現了別的疙瘩。

佐藤同學來商量。

說是喜歡清隆。

希望我幫忙撮合他們成為一對情侶。

我感受到奇妙的焦躁，同時也不由得意識到一股危機感。

如果這是單純的戀愛事件或許還好。

我認為自己算是有以自己的方式絞盡腦汁支援了佐藤同學。

可是——

我最在意的不是戀愛的部分。

而是——清隆是因為對異性的興趣才打算和佐藤同學約會嗎？

如果這不是「以戀愛為目的」的話呢？

恐怕就會演變成大問題。

我覺得是我想太多了，但我還是搞不懂。畢竟對方可是清隆。

我完全不知道清隆的心裡真正在想什麼。

如果目的不是把她當作異性約會，而是想了解佐藤同學本人的話呢？

為了辨別她是不是能夠利用的學生才舉行的約會。

我想像了這種事情。

就像清隆接觸我那樣，我同時也害怕佐藤同學變成讓清隆的校園生活順遂的鑰匙。

如果她被清隆相中的話——那她會不會威脅到我呢？

視情況，清隆說不定會變得不願意當我的盾牌。

我按下電話圖示，叫出數字鍵盤，再手動輸入十一位數的號碼。

「我連自己的號碼都還不記得……」

清隆的手機號碼卻不知不覺烙印在我的腦海裡。

接著只要再碰一次電話圖示，電話就會接上。

我打過去是打算問些什麼呢？我問了問自己。

「你覺得佐藤同學比我更好利用嗎？」之類的問題？

「什麼嘛，真是太蠢了……」

在談問題內容前，說起來簡直像是我希望被他利用。

不是那樣。

我只是想保護自己。

只是想利用清隆這個盾牌保住我在這個學校裡的地位。

對呀，當然就是那樣。

「那我還不直接問問他。」

我這麼想，就使力按下左手拇指。

然而，拇指卻一動也不動地維持在快碰到卻沒碰到的地方。

最後，我還是沒辦法按下電話圖示。

「唉，簡直像個傻瓜。」

為什麼我就非得主動問他「你是不是已經利用完我了」這種問題呀？

這時，手機馬上震動起來。

「唔哇！」

畫面上顯出剛才我輸入的十一位數號碼。

我還以為是自己錯按了電話圖示，不過不是那樣。

「……喂、喂？」

我連忙接起電話。

『我有點事想要問妳。』

平時那個有氣無力、毫無起伏的聲音傳到了我的耳裡。

「你想問的是什麼呀？」

『現在妳附近有人嗎？』

「沒有。畢竟我在房間裡。」

難不成他是在擔心我有沒有生病才打電話過來？可是晚上才聯絡也太晚了。但我的胸口還是因為些許期待而激動著。

『我有點事情想請妳調查。』

這種期待不到一秒就碎散了。

「什麼嘛。你不是曾說過已經沒事要拜託我之類的話了嗎？還謹慎地忠告我刪掉你的聯絡方式。」

我很老實地說出了心裡的不滿（雖然我不知道自己有沒有表達出來）。

說起來，昨天才剛發生過屋頂的那個事件。

他也有各種話該對我說吧。不說「妳沒感冒吧？」這種貼心的話也沒關係，但至少也應該說句「抱歉」。

暗中操縱霸凌的事實，通常都會讓人很退避三舍，要不是我的話，別人說不定都跟學校告狀了。

不論形式如何，最低限度的道歉都是應該的。

但他最先說出的話卻是「我有點事情想請妳調查」。

「我說呀，清隆。你了解自己的立場嗎？該說是我沒必要繼續幫你了嗎？你可要負起責任一直保護我啊。還要是無償的。」

因為佐藤同學的事情而煩躁的我，本來打算狠下心這麼說。

不過，那些話卻卡在喉嚨深處出不來。

因為我害怕說出那種話，清隆就會離我而去。

「你希望我調查的事情是什麼？」

『是佐藤的事情。』

「……佐藤同學的事情？」

這種情況下居然還是跟佐藤同學有關的事。

周圍的狀況讓我徹底感到焦躁。

但畢竟也有雙重約會的事，我就沒告訴他今天見過佐藤同學了。

「她怎麼了？」

『我想知道她平常會一起玩的對象，或行為模式。如果妳也知道她的性格、興趣或嗜好，那就感激不盡了。如果妳已經掌握的話，事情就快多了。』

又不關我的事。

我有點壞心地在心裡這麼碎念。

「真是不巧。我和佐藤同學不同群，所以不是很了解那個部分。」

『不了解啊。就算是女生的中心人物，妳好像也有很多事情不知道呢。』

「唔……講話方式真討厭。」

『不知道就去調查吧。盡量用不會被佐藤發現的方法比較理想。』

「……唉，如果去問篠原同學她們，她們可能會有一定的了解。」

『就採用妳認為最好的方法吧。就交給妳了。』

「我知道了，我會稍微問問……但你至少要把理由告訴我。」

『用郵件把詳情寄過來。』

清隆好像只把要辦的事情告訴我就心滿意足了，他單方面地把要求告訴我之後，就掛斷了電話。

對於我的詢問沒有做出任何回答。

「那傢伙是怎樣，這麼任性……我絕對不會再期待他了。」

早知道就在他耳邊咳個一兩下。

我邊發牢騷，邊傳訊息給篠原同學。

我都想佩服自己就算被他欺負也依然乖乖執行的規矩表現了。

接著，我順利和篠原同學提起了佐藤同學的事情。暫時在聊天室裡一邊對話一邊蒐集資訊。

整理問出的資訊後，就把內容寄到了清隆的免費信箱裡。

雖然一如往常的沒有回覆，但應該毫無疑問寄過去了。

清隆那傢伙……果然很在意佐藤同學？

他很明顯打算在約會前蒐集各種資訊，讓約會順利進行。

意思就是說，如果約會順利，他們兩個就會交往嗎？

還是說……這是為了把佐藤同學當作棋子利用的行動？

我再怎麼想也完全想不出答案。不可能想得出來。

「啊——真是的！那傢伙是怎樣！」

我今晚好像會失眠，似乎會變成很漫長的一天。

## 伊吹澪災難的一天

兩天後就要聖誕節約會了。現在是二十三日上午。

我為了某個目的，獨自來到櫸樹購物中心。

快步走向某間店，尋找感覺需要的東西。

「因為我沒吃過這種的呢……」

我看網路上的評價與詢問店員，挑了大約兩款左右。

商品被放進小紙袋裡，完成了結帳。雖然我對每一樣都很昂貴的這點驚訝，但還是單手拿著那個紙袋離開了店家，先回去宿舍一趟。接下來只要在回家路上的超商裡採購小東西，我就會達成目的。

之後再回櫸樹購物中心看快要下檔的電影。

這就是我今天一天的計畫。

不過，那項計畫卻因為和某個人物的接觸開始瓦解。

「你好，綾小路同學。」

如果在遼闊卻也狹小的學校用地裡四處閒晃，就會遇到各式各樣的學生。

購物中心的出口就在眼前，我在這裡被一名少女搭了話。

她拄著拐杖慢慢往我靠過來。

一年A班的坂柳有栖。知道我出身於White room，是這所學校的理事長的女兒。

「這麼早就出門喔？妳今天是一個人呢。」

平時坂柳的周圍都會有手下，現在卻沒看見。

「我是和真澄同學來玩，碰面時間還沒到。」

坂柳注意到我手上的紙袋。

「你身體不舒服嗎？」

「不，完全不會。如妳所見，我很有精神。」

我輕輕張開雙手。誇張地彰顯我是自己一個人。

接著把小紙袋收入口袋。

「那就太好了。可以的話，要不要一起玩？」

她做出一個實在不太好的提議。回答根本就不用想。

「不了。因為妳是個很引人注目的人物呢。」

如果我被人撞見在和坂柳一起玩，就會掀起不必要的騷動。

「呵呵，真遺憾。」

坂柳大概也不想因為那種無聊的事情讓我變得顯眼。顯然是想捉弄我才約我玩的。

她想讓周圍知道的話，應該早就展開行動了。

但是，她連對龍園都沒有透漏任何我的事情。

從這來看，也可以知道坂柳打算只靠自己來對付我。

「可以站著閒聊一下吧？」

「居然要站著閒聊，妳有什麼事嗎？」

「雖然這樣叫他會生氣，但Dragon boy同學正在找你吧。正確來說，是在尋找暗中操縱D班的軍師。那件事情怎麼樣了呢？」

現在除了當事人之外，應該沒人知道屋頂上的事件與結局。

不過，就算得到了部分消息也不足為奇。

例如——

「C班學生起了內鬨，好像鬧得滿大的。你知道嗎？」

沒錯。就是龍園他們在和我的戰鬥中受了傷的這件事。

由於看外觀馬上就會發現那些傷口，所以很容易謠言四起。因為表面上是C班起內鬨，所以坂柳大概也在某處這麼聽說了吧。

「我稍微聽說過，但是不清楚詳情。」

「Dragon boy同學好像和小弟打了架。不過，總覺得實在難以苟同。我以為綾小路同學你肯定牽涉其中。」

「為什麼會扯到我？這是因為妳單方面認定那名軍師就是我吧？那對我來說是個出乎意料的事件。我還以為C班統整得很好。」

「C班統整得很好嗎？」

「不論是恐怖統治也好，獨裁政權也好，他們應該都團結一致了吧。」

「原來如此。或許如此呢。綾小路同學好像跟這件事沒有關係。乍看之下你也沒有受傷……」

她好像很仔細在觀察我的表情或舉止，但那樣沒辦法讓我有所動搖喔。

「說不定起內鬨是真的呢。不過，這樣就無法說明他之前在意D班的那些行為了。」

「因為D班裡有相當優秀的學生。尤其像高圓寺之類的就是這樣吧。」

「原來如此。畢竟他確實也可以勝任Dragon boy同學的對手呢。」

結果，坂柳這麼做了結論。

「算了，好吧。第三學期開始後，我就會知道事情的真相了。」

「我可以換個話題嗎？」

我不是悄悄地誘導話題走向，而是光明正大地轉移。

「嗯，當然。」

坂柳完全沒指出這點就接受了。

「我很好奇前陣子的事情，妳上次好像和一之瀨處得很好耶。自己的班級就另當別論，沒想到妳會和別班有交流。」

我回想起前不久坂柳和一之瀨感情融洽地走在一起。

感情沒有很要好，是做不到特地一起度過假日的。

「呵呵，請別開玩笑了。」

坂柳好像覺得我的發言很有趣，所以就笑了出來。

「我和她……可不是朋友喲。」

「妳的意思是？」

「雖然對方應該把我或綾小路同學當作朋友就是了……」

她這麼說完，就暫時緩了一口氣。

「C班好像很熱衷於D班，我覺得有點吃醋。我也只是為了消磨時間才從旁干擾B班的。」

她的意思好像是B班只是打發時間的對象。

「比起這個，第三學期之後可以請你陪我玩嗎？」

「抱歉，我沒有那種打算耶。妳要就去和堀北他們玩吧。」

「她無法勝任我的對手喲。」

「既然這樣，龍園也好，高年級生也罷。我希望妳可以無視我。」

「那是個難以達成的商量呢。我很想盡早和綾小路同學你一戰。」

就算我回答無意奉陪，坂柳也不打算收手。

對坂柳一直謙虛下去應該也沒效果吧。

既然她知道White room的事情，就不會放棄追究。

「如果我一直無視妳，妳要怎麼辦？」

「就算這樣也沒關係……不過真的好嗎？假如綾小路同學不願意當我的對手，我就必須請其他人當我的對手。就算和你們有合作關係的B班崩潰，我也無法負起責任。」

「這就會牽扯到剛才的閒聊了嗎？」

坂柳接近一之瀨，好像就代表著她要開始進攻B班。

這話究竟有幾分真呢？我開始對和坂柳之間的談話產生了一點樂趣。

「到綾小路同學願意當我的對手為止，我會暫時和B班的同學們玩。我說不定會打開一個空缺，這樣綾小路同學你們或許就會自然而然再升上一個班級了呢。」

她只對我告知說要侵略他國。

話雖如此，這個階段最好還是別斷定她真的會動手。說不定只是單純的挑釁、文字遊戲而已。不過無疑會是個機會。因為如果坂柳的注意力可以從我身上轉往一之瀨，我就可以免於被捲入不必要的騷動。

「妳真的贏得過一之瀨嗎？」

「你的意思是？」

「入學起到第二學期結束，B班都有一種在扎實地累積實力的印象。另一方面，A班則是自己人在互扯後腿。就算妳彰顯自己的實力比較強，可信度也很可疑呢。」

「原來如此。你的意思是，如果只是嘴上說說，那我想怎麼說都可以。」

儘管坂柳冷靜地接受了我的話，但她還是流露出了一點情感。

我進一步地投下另一顆燃料。

「我最近也發現了妳的真面目。發現妳是這所學校的理事長的女兒。」

「這樣呀。你是怎麼得知的呢？」

坂柳咬上來了。這個話題是她不得不咬上來的。

「那根本就無所謂。但也有一件明確的事。那就是妳會被分到A班，好像是受到了父親的許多影響。換句話說，無法完全斷言妳本來就是因為實力才被選中。就算誇下海口說要打倒一之瀨，我一時之間也很難相信。」

還不確定坂柳有栖這名學生擁有足以讓旁人認同的實力。

「那你要怎麼說明我在班級裡受到多數人的支持？」

「支配班級？不是凡事都只有靠實力才起得了作用。妳認為比妳低一等的龍園和一之瀨也在做同樣的事情。要說Ｄ班的話，平田也是這樣。就統籌方式來說，平田看起來更勝一籌，而且這也不成實力突出的佐證。」

喀噠——坂柳敲了一下拐杖，開始從其他角度進行修正。

「騙小孩的話對你好像不管用呢。真是失禮了。」

她這麼道歉了一下。

「不過，綾小路同學。你是不是有點太自以為是了呢？是不是對被說是White room成功首例的自己感到很陶醉？」

從坂柳來看，我看起來好像是那樣。

雖然我至今為止完全沒想過，但就算她那麼理解，說不定也無可奈何。

因為如果以成功、失敗二選一來說，我無庸置疑就是會被歸類在成功的那類人。

否則那個男人……父親也就不會執著於我了。

「綾小路同學，你果然弄錯了一件事情呢。你是不是覺得待在『玻璃內側』的那方比較了不起？你自幼年一路學來的知識量確實非比尋常吧。雖然你在這所學校裡幾乎隱瞞了那些事實，但我不會懷疑你的高學力和優秀的運動能力。不過，那個地方是為了讓『沒天分的人』成為天才而準備的設施。對於身為天才出生的人來說也可以說是不需要的場所喲。」

「或許如此呢。」

我不否認那點。因為事實上父親的信念就是那樣。基因上的優秀與否都無所謂。出生起就接受徹底的教育，管理從睡眠時間到食物的一切事物，就會造就出最完美的人類。那就是創造支撐日本的優秀人才的唯一辦法。父親是這麼相信的。

「妳為什麼要對我抱持敵意？」

「打倒綾小路同學，也會是凡人絕對贏不了天生才能的證明。再怎麼努力都存在著無法填補的差距。那就是我的信念。」

意思就是說，她深信不疑自己就是天才嗎？

神室好像在找坂柳，她從坂柳身後慢慢靠了過來。

「妳在這裡……唉，我說呀，妳不要擅自離開約定地點啦。妳的腳明明就不太好。」

神室有察覺到我，卻完全沒和我對上眼神，而是罵了坂柳。

「抱歉。因為我早到，所以就稍微散了步。」

「既然這樣至少也聯絡一下嘛。」

既然神室都來會合了，她就不會貿然地提出關於我的話題了吧。

坂柳看來好像完全沒興趣讓周圍的人知道我的實力。

或該說，她更討厭我的事情不小心傳開來，然後獵物被人搶走。

「雖然很唐突，不過真澄同學，妳覺得一之瀨帆波同學怎麼樣？」

「真的很突然呢……」

剛來會合的神室對於沒頭沒尾的話題好像有點不知所措。

尤其我在旁邊，她有些話也不好開口吧。

「其實，我剛才在和他聊攻下一之瀨的事情。」

「攻下呀……就算妳問我怎麼想……一之瀨是資優生，很會照顧別人，是個濫好人。就這些了吧？」

「是呀。資優生這部分應該很明顯吧。她在考試上好像常常處於上段，而且順利地統整著班級。綾小路同學，你怎麼想？」

這次她來問了我。

「我的意見相同。」

我直截了當地那麼回答。

「那麼，要打敗那種資優生一之瀨同學，妳覺得很簡單嗎，真澄同學？」

「很困難吧？B班好像很團結，所以沒辦法從外側擊潰。收買之類的手段對一之瀨也不管用。雖然只能採用正面進攻的方式，但要是被問到我們班有沒有完全統籌起來，這也很令人懷疑呢。」

「乍看之下，要攻下一之瀨同學好像確實很困難呢。」

「妳的意思是，對妳來說卻不是那樣嗎？」

「嗯。其實不全然如此。任何人都有弱點。那名一之瀨同學也有喲。有著決定性的弱點。」

說完，坂柳就笑了。

「就如兩位都表示肯定那樣，她是資優生是無庸置疑的事實，但是很會照顧人的部分，或是濫好人的部分，究竟是不是她發自內心的行為呢？例如說，妳不覺得她也會有打從心底鄙視別人的那種層面嗎？」

「不知道……不過多數人只會在表面上表現出這種態度。嘴上溫柔，心裡卻不知道在想什麼。不過那不是件壞事。不管是任何人，在行動上計算得失都是理所當然。可是，那個一之瀨或許真的就是個很傻的濫好人。」

就如神室說的那樣，大部分的人都存在著黑暗面。

就算不像櫛田那種強烈的黑暗面也好，有黑色部分是理所當然的。

不過一之瀨帆波這名學生卻完全讓人感受不到那點。

她掌握到了一之瀨的弱點，這也表示弱點和那件事情有關聯嗎？

「妳不這麼想嗎？」

「不。她是個很優秀的人。個性不虛偽，充滿著良善。」

「意思就是說，她是真正的傻瓜濫好人呢。」

「對呀，正確答案。」

坂柳掛著笑容回答。

「那麼，真澄同學，妳和一之瀨同學是類似的人嗎？」

「啥？什麼意思。完全不一樣，妳是想挖苦我？」

「妳猜錯了。說不定妳會覺得意外，但妳跟一之瀨同學很相似。」

「不像不像。」神室傻眼地否認，坂柳卻繼續說了下去：

「妳們很像喲。要說為什麼，那就是因為她有的問題和真澄同學有的問題『完全一樣』。」

「問題一樣？等一下。那些話是什麼意思？」

綾小路同學知道嗎？——她使眼色問我。

我根本就不可能會知道，於是就左右輕輕搖頭否定。

「妳不懂嗎？意思就是說，妳被我掌握到的祕密，就跟她心裡抱著的祕密是一樣的。不過，妳們只是過程一樣，結果卻完全不同。」

被這麼詳細說明，神室心裡也想通了什麼吧。

「妳是說，那個一之瀨和我做過一樣的事情……？」

神室露出了一時半刻無法相信的複雜表情。

「那好像不是那麼稀奇的事情喲。」

「那是一之瀨自己說的嗎？這件事情是有根據的？」

神室緊咬這件事的模樣很不尋常。我還以為她算是比較冷靜的學生，這應該是因為她無法無視一之瀨抱著的問題吧。

「當然。因為她詳細地告訴了我。所以我才會溫柔地讓她把封閉在硬殼裡的心放鬆一下——利用冷讀術。」

她居然會特地用說明的口吻詳細講述，真是周到。

冷讀術是種話術。是以謹慎的觀察力引導並掌握對方的資訊的辦法。她恐怕也事先蒐集了情報才對。嚴格來說，她應該有穿插熱讀法去接近一之瀨吧。

「人是會為了讓自己看起來很好，而若無其事說謊的生物。妳或一之瀨同學只是冰山一角。一定有很多人都是這樣吧。人還真是有趣呢。再怎麼優秀都會輕易犯下錯誤。」

說完，坂柳把視線移回我的身上，就這麼做了總結。

「雖然除此之外也有幾個能稱作弱點的部分，不過，總之一之瀨同學的攻略提示就如上述所說的那樣了。我要徹底擊潰一之瀨帆波同學。我很期待你能把那當作是一種證明。」

她的意思好像是會靠自己的力量抵達真相，但我很不巧地不感興趣。我才正想請坂柳任意大鬧。我的誘導好像很順利。坂柳大概也有發現我的粗劣挑釁，但似乎還是忍不住回應了我。

「那麼我們走吧，真澄同學。」

坂柳說完，她們就邁步而出了。我也與她們錯身而過地邁步。

快擦身而過之際，坂柳開口說道：

「話說回來，妳什麼也沒說呢，真澄同學。」

「啥？妳是指什麼？」

「妳看見我和綾小路同學單獨說話，而且還只顧著聊今後的戰略。明明都這樣了，妳對那些事卻沒有湧出任何疑問呢。通常來說，可能至少都會拋出某些問題……」

「啥，這是什麼意思？我只不過是不感興趣。」

「是這樣嗎？妳其實意外地有那種會把在意的事情坦率說出來的傾向。然而這次卻沒那麼做。這是為什麼呢？」

神室沒應聲，坂柳便繼續說下去：

「說不定，妳可能已經有綾小路同學的某些資訊了。這麼一來，妳是在哪裡得到那些資訊的呢……莫非，你們兩個在我不知道的地方有接觸的機會？」

坂柳嗅出了些微的不自然，用銳利的眼神看了我。

但我沒說話，也沒有看向她。

要說有失誤的話，也是神室那方。

「呵呵，也罷。我今天心情好，就決定不放在心上了。那麼，祝你有美好的一天。」

她說完就帶著神室離開。

寒假中也要被坂柳使喚，神室那傢伙好像也很辛苦呢。應該是因為她被握住的弱點就是有那麼嚴重吧。不過，她說一之瀨和神室抱著相同問題的部分，只信一半似乎會比較好。坂柳在那個場面上說謊沒好處，話雖如此，相信坂柳的說法我也沒有任何好處。

只要可以在一之瀨真的從現在的位置摔下來的時候了解到真相就夠了吧。

「我也是有只先告訴堀北的這個辦法……該怎麼做才好呢？」

與一之瀨結盟的堀北說不定會選擇輔助一之瀨。就我個人來說，我認為這件事情應該放著不管，但決定那點的是將會引領班級的人物，換句話說，這應該要是堀北的職責。我先在寒假的某天直接告訴她好了。

我判斷沒有急迫性，便擱置了立刻聯絡。

暴風雨般的存在離開後，我就一臉事不關己地打算回去宿舍。

為了完成將買好的東西送出這個原本的目的。

但我這個原本的目的，卻意外地三兩下就邁入終結。

我靠近櫸樹購物中心入口時，與某個看起來很有精神的少女擦肩而過。

她好像有點匆忙，沒發現我的存在就小跑步前往了某處。我心想以防萬一就跟了過去，結果看見她和朋友會合並往店裡消失蹤影。

我在目送她直到消失蹤影為止後，腦中消除了回去宿舍的選項。

「去看場電影好了。」

我這麼決定後，便走向了電影院。

## 1

來電影院對我來說不是難得的事情。

因為我休假都會定期過來這邊。雖然想法是因人而異，但或許有人會覺得把點數花在鑑賞電影上很浪費，但對各式各樣的事情抱持興趣，其實出乎意料地重要。對我來說，鑑賞電影正逐漸地變成一種興趣。

不僅最適合當作調劑，還可以吸收新知。透過電影接觸各種事物，好奇心也常常會受到刺激。

話雖如此，今天要看的電影並不是活用專業技術的電影，也不是受聖誕節氣氛影響的情侶們會看的那種既甜蜜又悲傷的浪漫電影，而是一部以鄉下黑手黨的小型抗爭為焦點的打鬥槍戰型作品。

我偶爾也會有想要放空看故事的日子。順帶一提，這部電影的上映今天就會迎接尾聲，絕對不是會長期上映的名作。它被定位在糟糕的B級電影，因此網路上總是預約得到座位，但我一直很煩惱要不要看。最後決定在上映的最後一天，因為其他目的順便去看。就是這樣的一部作品。

我和櫃檯人員簡單對話，指定觀看時間與電影後，櫃檯人員就把印著座位表的護貝紙張遞了過來。

然而，我卻在這裡有了失算。我平常看電影的後方座位已經被人占走，似乎沒什麼空位了。因為原定要上映的人氣作品稍微延後公開，所以客人好像都集中在這部電影了。

而且好像也因為接近聖誕節，大部分的座位都是兩人一組被占了起來。

應該是因為情侶出門，比起什麼都不看，至少都會想先看一部吧。

我覺得座位前方空間很寬敞的正中央好像便於觀賞電影，於是就告訴作業員要那邊的座位。中間附近的地方幸運地有好幾個空位，我因此成功保住了位子。側邊坐位受歡迎，是不是和情侶的有無沒關聯呢？我不太了解電影院這部分的狀況。

距離上映還有二十分鐘左右，所以我就隨意在擺放小冊子的櫃檯打發時間。

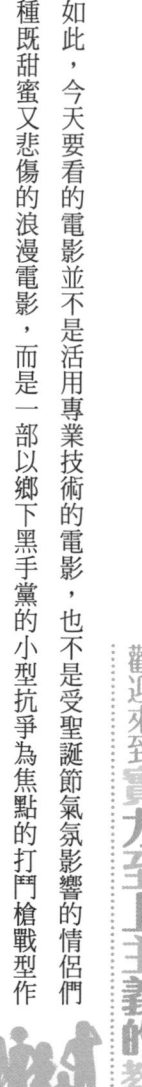

時間接著來到可以開始入場的十分鐘前，我自己進了場。

後方也零星有情侶學生們入場。

我坐在前排的正中央，乖乖等待電影開始上演。

附近的座位在較早的時間就開始有人坐進來了。

我看向銀幕。

我滿喜歡在正式電影播放前，看近期預定上映的預告的那段時間。

所以我一定都會在預告開始前就坐下。

比起用自己房間的電視看，這才能勾起下次要看什麼電影的強烈興趣。大銀幕非常有魅力，就算說我是為了這點去電影院也不為過。

不過，現在影廳內很明亮，不是在播放電影宣傳，而是在播放超商商品之類的廣告。

播放著用飯勺翻著豐滿鬆軟的米飯、在網子上烤著酥脆的海苔，以及孩子們吃著做好的飯糰的畫面。

我在位子漸漸坐滿，接近上演時間時，因為好奇現在是什麼狀況，而環顧了四周。

同一排幾乎都坐滿了，我的正右方有一對情侶，左邊空了一個座位之後，另一旁也坐了一對情侶。他們正趁著光線昏暗互相牽著手。

原來這種電影也會有情侶過來看呀。

左邊的空位因為是一個人，應該到最後都會是空座位吧。

不可能會有人特地在平安夜前一天空虛地自己來看電影。

我將手機設定成震動模式，為防萬一也同時先關掉了電源。

戲院裡的照明幾乎在同一時間慢慢暗下來，並開始播放電影預告。令人興奮的時光現在就要開始了。

這個時間點，我的左邊出現了人影。接著一名學生坐到那個座位。

看來也有怪人像我一樣在平安夜前一天自己來看電影。

我想對那個人選擇了這部電影坦率地予以讚賞。

我這麼想著，同時只把視線移過去。

「…………」

然後忍不住呆呆地張開了嘴。

這名孤高學生的真面目，就是C班的學生伊吹澪。

光是因為前一天在屋頂上發生過的誇張事件就夠尷尬了。

幸好電影院的燈光已經熄了。

伊吹看著銀幕，完全沒發現我。

我是會把片尾的工作人員名單看到最後的那種人，但留到最後一刻的話，照明就會恢復。沒辦法，今天我要在工作人員名單播出的同時撤退。

然而，我在這裡卻有了失算。

就是電影院裡經常發生的「扶手」問題。

如果是角落的話，左右扶手都可以毫無爭議地當作自己的扶手使用，但除此之外的座位就總會上演扶手爭奪戰。就電影院的規則來說，沒規定哪一邊是自己的扶手，好像先下手為強的狀況比較多。

右邊比我先就座的情侶使用了扶手，所以，我就使用了空著的左側扶手，但伊吹卻隨意地把手肘放到那個扶手。

雖然共享的空間上也不是不能放兩人份的手肘，但袖子卻會因為瑣碎的小事互相碰觸。

伊吹好像很在意那點，她下意識地想確認對方是誰，所以就往我看了過來。

當然就和觀察著一切的我對上了眼神。

「呃。」

立刻聽到的，就是伊吹這種嫌棄的聲音。

正因為是在廣告與預告之間絕妙寂靜的期間，所以聽得還滿清楚的。

「真……巧啊。」

我覺得完全不搭話也很不自然，於是就這麼出聲了。

但是，伊吹卻沒答話就撇開了視線。

看樣子她好像決定無視我。

那就這樣吧，我也比較方便。就讓我這麼下結論吧。

我這麼想著，並專注在銀幕上。

然而……

開演後，我就會定期感受到伊吹那邊對我投來視線。

她好像很在意我的存在，沒怎麼把注意力集中在電影上。

妳要不要好好看電影啊？——雖然我很想這麼說，但上演中要是不大聲說出口就很難傳達。

既然這樣，我要試著說悄悄話嗎？

不，假如做了那種事情，我說不定會馬上被伊吹咬。

現在我也只能一邊忍耐伊吹的視線，一邊不去在意她。

幸好我自幼就很習慣「被監視」了。

我絕口不提自己有發現她在看我，並且繼續觀賞電影。

但要說有問題的話，就是電影本身拍得不太好。真的就是B級。

時間應該是在開演到超過一半的時候吧。

就在主角接下來就要為了討伐敵人而深入敵營的高潮前。

讓人緊張到手心冒汗的場面就快要來臨時，影像忽然變得一片漆黑。

學生們起初以為這是某種演出，所以就默默地守著銀幕。

可是就算等了十秒、二十秒，影像或聲音都沒有動靜。

在我開始覺得「很奇怪」的時候，館內隨後就播出了廣播。

『抱歉，給各位觀眾帶來了極大的困擾。由於器材問題，本電影將暫停播放。不好意思，為觀影中的各位帶來了困擾，還請各位稍候。』

是這種內容的廣播。

儘管學生們都同時流露出不滿，但還是小聲閒聊決定等待。

「總覺得很倒楣……」

伊吹就像是在諷刺我般摻雜嘆氣地說道。

她是打算說器材出問題的原因也在我身上嗎？

「我也是始料未及。想不到妳今天居然會來看電影。」

我也反擊了那些諷刺。

「我想什麼時候來，都是我的自由吧。」

伊吹好像很不喜歡我的那句話，她理所當然似的反駁。

「那點我也一樣。」

所以，最後我就配合她似的做了回答。

「你……」

伊吹話說到一半突然語塞後，就帶著強烈的視線這麼開口：

「你至今為止都在心裡瞧不起我。我沒辦法原諒那個事實。」

我也不是不懂伊吹會這麼生氣的心情，但我沒道理被她怨恨。

就算安慰她，或說沒那回事給她臺階下，對伊吹來說都沒用吧。

所以我就選擇了感覺最好的一種方式。

「那也算是實力，伊吹。」

「啥……？」

電影院的部分區塊——只有我和伊吹之間籠罩著緊張的氣氛。而那當然是伊吹那邊傳來的。

我被她投以混雜著殺氣與焦躁的銳利視線。

但我毫不在乎地繼續說下去：

「不論情況如何，只要自己有高於對手的力量，就不會構成問題了吧？就算對手多少隱藏了能力也不須放在心上。妳如果能阻止我的話，龍園他們也會有勝算。應該至少可以把狀況帶到平局以上。」

如果狠狠斥責他們的我在屋頂上被反打，那我就會糗到不行。

「這……」

這件事情伊吹是絕對無法反駁的。

這是自己的實力。對手要不要隱藏力量都只是小事。

「再說了，我和龍園或坂柳他們不一樣，不打算以上段班為目標，而且也沒打算自己一個人單打獨鬥然後貿然地引人注意。當然，我是因為不想受人矚目，所以才沒有展現出多餘的能力。會和龍園打架，也是諸多衡量後的無奈選擇。我根本就連瞧不起對方或鄙視對方都沒有想過。」

這些話不是為了讓伊吹放心。對伊吹來說，在某種意義上，她或許會感受到比目前為止都還更大的屈辱。侮辱對方也是把對方當作敵人的證據。

但我說的意思，就是我只覺得伊吹是路邊的石頭。

「……真不爽。」

不論這些話多麼有理，她心情上當然都會難以接受吧。

「你說不打算引人注目，但那樣就很奇怪了。要是你在無人島上沒有做出刺激龍園的回答，不就不會變成這樣了嗎？不對，在論那件事情以前，你只要忽視須藤的暴力事件就行了。」

「是呀，那點或許是這樣。」

假設須藤退學，D班在無人島上因為伊吹的策略慘敗，船上考試也就那樣直接進行的話，龍園大概就不會把什麼D班放在眼裡了吧。

應該早就投身在與B班的戰鬥裡了。

「你嘴上說了很多，但還是使用了能力。就算躲起來還是使出了能力。」

要使用能力是我的自由。

然而，對於不爽那種使用方式的伊吹來說，她應該很難接受這個現實吧。

伊吹好像覺得繼續講下去也是浪費時間，因此便凝視著暗下來的銀幕。

我沒有反駁，決定就這麼帶過。反正電影馬上就會重新開演。

這樣我和伊吹的相處時間也就會結束。

## 2

電影結束後不看完工作人員名單就離開——我心裡描繪的這種願景兩三下就被粉碎了。

狀況變得始料未及。

等來等去，電影都沒有再次播映。

是器材的故障狀況相當嚴重，還是只是電影院在拖拖拉拉呢。

正因為我和伊吹之間很尷尬，所以我很想請他們趕快解決。

「唉。」

伊吹那裡重複著明顯的嘆息。

但這種情況下也難怪她會變得想嘆氣。

我已經開始覺得電影內容怎樣都無所謂了。

「啊——……妳覺得結局會變得怎麼樣？」

我覺得沉默下去好像也不太好，因此便那樣試著拋出話題。

伊吹應該是因為在意結局才沒有離席，否則應該早就回去了。還是說，是其他學生沒有要回去的樣子，因此她才無法順勢離開嗎？

但是，伊吹卻在和我方向相反的扶手托著臉頰，看都不看我這邊。

總覺得就像是有片看不見的玻璃，而且還是相當厚的那種，隔在我和伊吹之間。伊吹的態度不用說，當然就是「你很煩，別來跟我說話」吧。

再怎麼樣我最好都不要繼續自找麻煩。

感覺隨時都會跳出一隻毒蛇咬上我的手臂。

結果，我決定保持沉默。

不過電影什麼時候才會再次開演呢？

雖然很零星，但覺得等待很痛苦的學生們都漸漸離席了。

我以為伊吹也會順著這種情勢回去，但她好像沒打算離開座位。

她果然只是想看電影的後續嗎，還是——

總之，我也算是想看到最後了解結局。不然，我就連來看這部電影的意義都會失去。現在應該就是展現毅力的時刻了。

我打開手機電源，確認時間。

廣播播出後恐怕經過了二十分鐘以上了吧。

不只是這次的播映，這似乎也會對下一場播映造成龐大的影響。

我回過頭，客人已經急遽減少到剩包含我在和伊吹在內的幾個人。

如果是一個人來看的話，恐怕就會更加堅持吧，但如果彼此是情侶的話，也會變成是在讓對方等待。他們應該不想把與戀人相處的重要時間浪費在這裡。我就把這當作他們是在覺得掃興之前先移動吧。

「……你不回去嗎？」

伊吹在我看著手機時對我出聲。

她的臉朝著不相關的方向，我甚至看不到她的表情。

她對我不回去產生了懷疑感，好像是因為這樣才無法保持沉默。

「畢竟內容都看了八成，老實說我很好奇結局是什麼。再說都已經等了二十分鐘，器材差不多要修好了吧。」

都堅持到這裡了，回去很浪費——連那種謎樣的理論都浮現在我腦海裡了。

「結局那點東西，只要在網路上搜尋，應該要多少就有多少吧。包括有不有趣在內。」

「我沒打算去看會反映出別人意見的評論。」

那部作品好壞的本質，如果不自己看是不會了解的。

當然，雖然那會成為要不要看該作品的參考數值，但也不該藉由這個做出判斷。

再說，如果只看一兩行說明就可以接受最重要的結局部分，那我從一開始就不會想來電影院看了吧。

「我已經覺得電影都無所謂了。我只是不想比你先回去。」

「說得真直白。」

她好像真的是因為和電影完全無關的理由在堅持著。

不過，遺憾的是伊吹不會贏下這場勝負。好一點就是平手。

直到電影再次開演為止，我都沒有打算離席。該說這就是連明天平安夜都沒安排的男人的強處嗎？

為我們兩人這樣的戰鬥劃上休止符的，是一段令人悲傷的廣播。廣播說器材故障無法修復，因此要終止上映。然後說明了會做退款處理之類的事情。

「真倒楣耶。」

換句話說，如果想知道結局的話，就只好等可以租片的時候去借，或是看個評論網站的破哏補完劇情了。

就算廣播說上映中止，伊吹也沒有面向我，一動也不動。電影院的事情也結束了，所以我就決定離開這裡。

## 3

好像也是因為有了那段奇怪的等候時間，我的肩膀出奇僵硬。

也因為坂柳和伊吹不預期的糾纏，我沒心情順道去哪裡再回家。

我想趕緊回去而離開電影院，接著卻被人從身後搭了話。

「等一下。你覺得自己的真面目可以就這麼對周圍隱瞞到底嗎？」

是伊吹。我還以為她特地追來是要說什麼話，結果是那種事情呀。

「妳之前沒在聽我們一連串的對話嗎？妳必須把當時的事情收在心裡。」

「別開玩笑。你至今都在心裡嘲笑著我。」

我無法原諒那點——伊吹的表情不用說，當然就是這麼寫著的。

她對我剛才的言行與理念的不滿進一步擴大了。

「那妳要怎麼樣？妳要去張揚看看嗎？」

「……我不會那麼做。因為傷腦筋的不會只有我吧？」

「是啊。視情況不同，除了在屋頂的成員之外，應該也會連累到真鍋她們吧。」

如果追蹤一連串的經過，校方最後說不定也會找到我。

但藉口要多少有多少。我頂多就是受到停學處分而已。

「說起來，這所學校的基礎就是班級對抗。妳應該怪錯人了吧。」

被要求在那裡堂堂正正地對決，我也很傷腦筋。

「我知道、我知道啦……我只是本能上無法接受你。」

就我分析伊吹澪這名少女，伊吹還沒有開始登上大人的階段。

她恐怕自幼學習武道，然後一直都在誇示自己的強大。

男女在幼年時期肉體上幾乎沒有強度的差距。所以只要有技術的話，很容易就會學到足以贏過異性的力量。不過隨著年齡增長，這也會漸漸變得困難。上國中的那時候開始，肉體的潛力就會填補這段差距了。

假如只針對肉體的強度去想，女性根本就等於是沒地方贏得過男性。

這不是歧視，單純是真實存在的差異。

當然，如果把伊吹當作一般高中生來想，她已經算是很強的那種了。

憑一個沒學過武術的男人，怎麼樣都敵不過她吧。

但遺憾的是，她無法贏過擁有相同才能且一路接受著超出同等鍛鍊的男人。

人本來都會自然而然地學習到這種事實。

但伊吹還是高一生，應該還沒完全接受那種差距所築成的一道牆。

「你沉默不語，是在想什麼？」

「我在思索怎麼做才能讓這個狀況圓滿收場。」

「所以，你想到了嗎？」

「很不巧，我想不到辦法。因為我不管說什麼好像都沒辦法讓妳接受呢。」

伊吹今天第一次稍微緩下了嘴角。

「答對了。我不會接受，也不會退下。」

我想也是……

要解開費解的謎題，也許就應該試試一次正面進攻法。

「對了……妳滿喜歡電影的嗎？」

「啥？」

「你幹嘛問這個呀？」伊吹的這種態度很合理。

但我無視那種態度，繼續了說下去。

我故意嘗試不停拋出普通的話題。

「妳甚至一個人去看了那部電影耶。再說，那也算是相當小眾的電影。」

「這又沒什麼。我有我的目標。」

我很掛心這個不可思議的說法。

「目標？」

「……就是在這所學校看所有上映的電影。不是什麼了不起的目標。」

不，其實很厲害吧。

任何人都會自作主張地把自己決定的像是目標那種東西帶到校園生活裡。交朋友。假日一定要外出。想不遲到、不缺席的畢業。想在考試上一直考第一名。從簡單到難以達成的目標，內容各式各樣。

我覺得其中伊吹提出的「看所有上映的電影」乍看之下很簡單，其實卻是件很困難的事情。如果是自己喜歡的電影就會很開心地去看，如果是不感興趣的領域當然就會相反，應該會變得很不想去。

大概很多人都會把那種目標想成只是在鬧著玩。

但不管是什麼東西、什麼事情，立下目標並朝著其前進的過程其實很重要。

「……幹嘛，你是在瞧不起我嗎？」

「這個嘛，我不知道耶。」

把我的沉默往不好的方向想的伊吹瞪了過來。雖然我也可以坦率地誇讚她，但刻意沒這麼做。畢竟我也被她搞得有點傷腦筋。

總之，還是早點和伊吹分開應該會比較好吧。如果被她繼續糾纏下去，會不小心被其他學生撞見。

「妳接下來想怎麼做，要一起喝杯茶嗎？」

「別開玩笑。我要回去了。」

她當然不會應邀。我很清楚會被她拒絕。

我順勢般地說下去：

「既然這樣妳就走右邊。我要左轉。今天就解散吧。」

說完，我就指示了左右各自的道路。

只要彼此分開走出去的話，就不會發生任何問題了。這是個很理想的路線。

「什麼嘛。我也想盡快和你這種人分開。用不著你講。」

我們的感情好像非常好，伊吹馬上就往右轉了。

我也背對著這樣的伊吹打算往左轉。

然而——

這時我卻被人從背後用力抓住了手臂。伊吹正拉著我的手臂。

「喂，妳幹嘛？」

「閉嘴。石崎他們來了啦。」

她藏身似的把我拖到陰影處，然後偷偷地窺伺狀況。

我慢了一點，也追著伊吹的視線前方，結果就發現了以石崎為中心的小宮與近藤等人。

至今為止那裡應該還會包含龍園在內，但現在當然不會有他的身影。

「沒事吧，石崎。你走路不是還搖搖晃晃的嗎？」

「你很煩耶，我就說我已經沒事了。痛痛痛……」

石崎好像全身都很痛，他走路偶爾會因為痛苦而扭曲表情。

看見這副樣子，小宮不安地環顧周遭，同時這麼說：

「是說，剛才的事情……你說你和龍園同學互毆是真的嗎？」

「……嗯。阿爾伯特和伊吹也有一起打。龍園同學已經……不，龍園的時代已經結束了。今後龍園那傢伙應該不會指示任何人了。」

「那樣是很好啦，但要由誰來制定接下來的作戰啊？」

「我怎麼知道。應該是給金田之類的去做吧。」

三個人一邊這麼對話，一邊走過了我們眼前。

「呼，沒被發現。」

伊吹放下了心。她不想被同學看見和我兩個人待在一起的樣子吧。尤其是石崎，誰知道他會做出什麼反應。

但石崎的話也傳到了我們的耳裡。

「……我剛才收到了石崎的郵件。他說龍園那傢伙沒有退學。」

「這樣啊。」

我說得很事不關己，伊吹就接著過來深究。

「你做了什麼？否則我很難想像那個龍園會罷手。」

「妳打算挽留他，但是沒能阻止嗎？」

我從她的語病、態度及語氣去看，有想過會不會是這樣，看來我好像猜中了。

「我超討厭龍園。可是，連同學都不是的你卻給那傢伙帶來了巨大影響，這點讓我覺得討厭且無法原諒。」

「也是會有那種正因為是外人才能夠帶來的影響。相反的，妳也能辦到我做不到的事情。就像石崎那傢伙打算報恩一樣。」

就算只憑擦身而過時的對話，我也不難推測發生了什麼事。

這就是所謂的男子氣概吧。

雖然石崎原本很討厭龍園，卻想對他作為領袖一直引領班級這點盡到禮儀，這件事傳達了過來。

「……你真的那麼想嗎？不是因為可以彰顯自己比龍園更厲害嗎？」

伊吹這麼說，沒有老實地認可石崎的想法。

但那大概是在套我的話吧。

伊吹的目的是誘導出我抱持著什麼想法。

伊吹的眼神這麼訴說著。

「妳才是，妳真的是那麼想的嗎？」

所以我才決定直接把問題丟回去。

「……我應該很討厭他。畢竟我被他欺負得很慘。就算是三個人同時上，但如果打倒了龍園，石崎在班上的評價也勢必會提昇。」

「原來如此。也可以有那種觀點啊。」

我接受似的點頭，就被她輕輕踢了膝蓋後方。

「你不躲開這一擊嗎？」

「我說啊，我可不是什麼超能力者耶。怎麼可能什麼都躲得開啊。」

儘管懷疑，伊吹還是沒有追究這件事。

「所以，你是怎麼想的？對於石崎的發言。」

她好像很不服氣只有自己的意見被要求說出來，因此前來對我這麼說。

「石崎就算很討厭他，應該也還是很認同他的實力吧。」

石崎或許切身感受到了龍園退學的缺點。

他體諒了龍園訂下的計畫，把這些說成是雙方失和。

他好像完全沒有提起和我之間的事情，規矩地遵守著約定。

即使當然都在我的計算之內，但這根本就沒有絕對的保證。目前為止就先不說了，明天他改變心意抖出一切的可能性也不是零。輕井澤的事情也是只要他想張揚，就能夠張揚的。

「阿爾伯特應該不會說出來，但你覺得石崎那傢伙會一直悶不吭聲嗎？」

伊吹也很清楚那件事。就是因為這樣，她才會挑釁地問我。

「講出去就講出去，我已經想好到時候要怎麼辦了。」

「……哦，這樣啊。」

我沒有表現出驚訝或動搖，因此伊吹好像馬上就失去了興趣。

反正石崎他們走了吧。這樣就可以朝著解散發展——

我突然蹲下，把頭往下降數十公分。

隨後，伊吹的腳便高速揮過剛才我的頭部的所在位置。

「……什麼叫躲不開呀？你這不就躲開了嗎？」

「因為剛才是那種有前置動作的踢擊。是說，妳剛才是全力踢下去的，對吧？」

有武道經驗者的橫踢。那是如果被直擊的話，將無可避免會腦震盪的程度。

「你明明就很強，卻不露聲色。你到底是怎樣啊？」

「妳平常都會四處吹噓自己很強嗎？」

「這……」

「不管是武術還是什麼都好，只要沒機會使用那些東西，就不可能會有任何人認知到。我和須藤或石崎他們不一樣，不是血氣方剛的那種人。」

「跟我一決勝負。」

「妳說什麼？」

「我是說，再和我決一次勝負。讓我認真使出全力跟你打一場。」

伊吹好像還沒完全放棄那件事，她再度切換成了戰鬥模式。

要是石崎他們沒出現的話，我就可以輕鬆地和她分開了耶……

「為什麼會發展成這種話題啊？」

「我討厭你。討厭你分別切換表裡。」

「原來如此。」

像龍園或石崎那些傢伙不論是好是壞都是表裡如一。伊吹也是這樣。

即使她在無人島時也有演戲當間諜，但那和原本的伊吹也都是一樣的。

「我本來就是這種個性，所以沒道理被妳怨恨。就算我這麼說也不行，對吧？」

「不行。」

我被她用兩個字否定了。

「目前為止就另當別論，但我要是不報屋頂上的仇，心裡就不暢快。」

不論我說什麼，她好像都不會聽進去了呢。

伊吹想要在現在自己準備好的狀態追求獲勝的可能性。

雖然在這裡逃走很簡單，但第三學期校園生活開始之後還同樣地被她逼問才更麻煩。伊吹當然也會來針對那件事。

「如果我在開學後貿然地糾纏你，不是就相對地會變得很麻煩嗎？」

就算不直接張揚，但假如別班的人來糾纏我，周圍就會產生懷疑。

那樣好嗎？——是這種有點強硬的威脅。

硬要說的話，那也類似於「四處張揚」般的行為，但伊吹似乎想說那樣不算。

「想讓我退下就只能再跟我一決勝負。」

即使說一句一決勝負，也是有各式各樣的決定方式。

「妳應該不是打算用圍棋或將棋來分出高下吧？」

「兩種我都不懂規則。」

還真遺憾。雖然無論是哪一個，我都對自己的本領很有自信。

「決勝負的方式還用說嗎？」

說完，她就在還有人在來往的購物中心裡擺好架式。

根本想都不用想，就是那麼回事了。

她一直以來一定都是像這樣對事物區分對錯吧。

「……我覺得大概不會有任何改變喔。」

「哈！你是說就算比了結果也不會改變嗎？」

伊吹好像很在意我的話，她就像要爆出青筋似的把嘴唇彎成了ㄟ字型。

她那在一瞬間緩和下來的唇形，就像是很久以前的事情了。

「不只是結果，伊吹妳自己的想法也是。」

考慮到她在屋頂上輸掉的形式，可以知道即使再戰結果也不會改變。

但不論是什麼方式輸掉，伊吹無疑都無法接受。

不是因為是男是女……她大概只是不想認輸而已。

那算妳贏就好——就算我這樣說也只會是火上澆油吧。

「反正你不會接受和我決勝負，對吧？」

當然，通常我不會接受。

再加上我現在很疲累，不想做出多餘的行動才是我的真心話。

但是——

「妳時間上沒問題嗎？」

我沒有予以否定，並這麼對伊吹說。

「……沒什麼關係。除了電影之外，我也沒有安排。難道你接受了嗎？」

伊吹當然沒料到我會答應吧，她很倉皇失措。

不如說，她看起來倒還有點像是往後退了一步。

「原來妳是在開玩笑啊？」

「才沒有。如果你說願意接受才正合我意呢。」

儘管很吃驚，伊吹仍馬上就緊咬了上來。

她好像想立刻開打，於是把身體往前傾。

但那可不行。

櫸樹購物中心裡有眾多人來往。這地方太醒目了。

「你接受嗎？還是不接受？」

「該怎麼辦呢。畢竟在這裡會太顯眼吧。就算像妳說的那樣要一決勝負，但地點該怎麼辦？」

這裡是櫸樹購物中心。有無數個監視的目光。

如果要進一步的同時避人耳目，就無可避免地要移動場所。

話雖如此，學校用地內基本上都不行。正值寒假的現在，我們不會知道哪裡會有誰的目光。

雖然已經只能移動到宿舍的室內了，但伊吹也很清楚在那種地方的勝負是沒辦法達成的。

「……我會找。接下來就找。」

「沒有放棄的這個選項，對吧。」

「算你倒楣在這裡給我遇見。」

說完，伊吹就背對著我邁步而出。意思好像是「跟我過來」。

「如果我逃走，妳要怎麼辦？」

「那我會跑過去追你，找到你之後當場賞你飛踢。」

好像是這麼回事。我一面壓抑想逃走的衝動，一面跟了過去。

「我話先說在前頭，這件事情的大前提是場合要能讓人覺得適合。」

「那種事情我很清楚。」

如果她連那點都了解的話，我就暫且接受吧。

如果找不到沒有人煙的地方，這件事情也會中止才對。

這和我單方面拒絕的狀況不一樣，伊吹應該也不會亂來吧。

這是我算到那一點才做出的行動。

雖然說有和走在前面的伊吹離了幾公尺，但我不是很想長時間和她一起行動。

接著，伊吹便拚命地在櫸樹購物中心裡繞來繞去。

尋找著哪裡有沒有無人煙的死角。但她無法輕易地找到。雖然購物中心裡的深處也有學生不會那麼常接近的地方，但當然還是有監視器。再說，就算沒有學生，無論如何都會有工作人員。

話雖如此，這點出了購物中心也是一樣。如果是學校的校舍後方之類的地點，狀況就不一樣了，但既然我們沒穿制服就進不去，這應該也沒辦法吧。

特地換衣服來會合也是件很奇怪的事情，要是有其他學生目擊到我們進去學校的模樣，也就等於失敗。

我看穿那些事情才理會她的挑釁行為，這好像果然就是正確答案。

「妳差不多該放棄了吧？說起來這所學校可沒有死角——」

「等等。」

我的話被她打斷。

她好像想到了什麼，而把目光朝著某個方向。

伊吹看到的，是一扇付著玻璃窗，寫著「工作人員以外禁止進入」的門。好像剛好有工作人員在工作，一台推車從裡面被推出來。

工作人員身上圍著黃色的圍裙，胸口上有個寫著「木村」的名牌。

上面用大大的字印著「櫸樹購物中心藥妝店」的字樣。

推車上裝著大約三個感覺有放入商品的紙箱。他推著那台推車走向購物中心裡的藥妝店。可能是要把商品運進去吧。

「跟我來。」

「喂，那裡是——」

我這麼叫她，伊吹仍把手按在門上。

門推開後，發現這裡好像果然是堆放商品的倉庫。

裡面沒有工作人員，是個只有最低限度照明的灰暗空間。

我看著紙箱，發現也堆著點心或紗布之類的東西。

果然都是些藥妝店的商品。這裡的暖氣不夠暖，有點涼意。

「這裡的話就不會被任何人看見了。不是嗎？」

工作人員專用的空間確實沒有裝設監視器。

可是，這裡平常是會被鎖上的地方吧。我不覺得這種地方平常會一直開著。

這麼一來，應該就是那個工作人員偶然忘了上鎖，或是想說馬上就會回來才會沒上鎖就出去吧。

不論是哪一種，長時間待在這種地方可是麻煩的根源。

因為學生待在這種地方只會很不自然。

如果被發現將無可避免受到斥責。

「這又沒什麼大不了的。只要說進錯地方就解決了。如果是偷了什麼東西的話應該就另當別論了，幸好我們也沒有可以藏東西的背包，完全是空著手的。」

雖然我們的確也可以辯解吧……

無論如何，伊吹想決勝負的想法似乎都很強烈。意思就是她毫不在意些許的風險。

她就算很清楚結果，那種「可能會贏」的情感也絕對不會消失。

「說真的，在這種狹窄的空間應該無法決勝負吧。」

這樣就跟我最初想到的宿舍房間沒什麼兩樣了。

「我是沒什麼差。」

只要不被任何人看見的條件備齊，她好像就不打算再奢求什麼。

「話雖如此……如果剛才的工作人員馬上就回來，那我們要怎麼辦？」

再說，為了不讓人迷路到這種地方，這裡通常都會上鎖。

我覺得根本就不會有商品被偷，不過機率也不是零。

他是為了之後要回來才沒上鎖，還是只是忘記上鎖而已呢。

無論是哪一個，應該都不會長時間沒有任何人來訪吧。

「只要在那之前分出高下不就好了。」

她完全不聽我的意見，還真是樂觀啊。

當我正在拚命提議改變地點，門口就傳來了門鎖喀鏘的上鎖聲響。

「看來有可能會往不好的方向發展了。他好像是忘了鎖門才回來的呢。」

「沒必要慌張吧。」

「妳去看看吧。」

我催促伊吹去看看門把。儘管伊吹心裡好像覺得很莫名其妙，但還是看了看門把。

「……慢著。為什麼會沒有開鎖的地方？」

「這種付著窗戶的門，也是會有室內這側沒有轉鎖的情形。轉鎖就是妳說的那個開鎖的地方。」

沒有裝上轉鎖也是為了防止犯罪。因為如果玻璃窗被打破的話，就可以把手伸到室內那一側轉動轉鎖，解除鎖舌了呢。

「總之，我們出不去了嗎？」

「就是會變成那樣。」

「搞什麼呀。為什麼和你扯上關係就會被關進密室裡呀？啊——真是的，回想起電梯的事情，我就更火大了。」

「這次與我完全無關。而是因為妳進來這種地方的關係吧。」

「啥啊？是我的錯？」

不，這件事情真的除了伊吹之外沒人該負責就是了。

之前是在盛夏的電梯裡，這次則是在嚴冬嗎？世上也是會發生奇妙事情呢。

「話雖如此，但狀況和電梯的時候不一樣。這裡的玻璃窗材質好像很普通，所以最壞的情況就是把它打破，這件事情本身也很簡單呢。」

「那麼就算是最壞的狀況也出得去了呢。」

「不過，這樣就一定會讓旁人知道就是了。」

我們進到倉庫裡的事情就一定會被人知道。

「……算了。就讓我轉念變樂觀吧。」

「雖然我有股討厭的預感。」

「你的預感沒有錯。在這裡的話，就確定不會有人打擾了。」

伊吹轉身面向我，慢慢地把架式擺好。

「規則給你決定。要打到對手認輸為止？失去意識為止？」

伊吹似乎打算反過來利用這個完全逃不了的狀況。

如果是現在的狀況，就算我想逃出去也無法實現。

「宣告認輸的那一方輸。」

「……等一下。規則還是給我決定吧。」

「喂。」

「如果是那種規則的話，你不是在戰鬥之前就會認輸了嗎？」

答對了。

「所以，我會把比賽持續到我認為有明確分出輸贏為止。」

這件事情實在是既強行又亂來。

「我知道了。我也可以順著妳的那些提議。不過既然妳都附上了各種條件，我也要請妳接受一個我的條件。」

「什麼呀。」

「如果分出了高下，嚴禁再次來找我挑戰。可以吧？當然，如果是學校考試上的正當對決，

我也沒有權力禁止那種挑戰啦。但我希望這種個人賽就只有這次。」

「……我原本就想在這裡做個了斷。」

伊吹好像沒有異議，而輕輕地點頭答應。

既然那麼決定的話，我就只能轉換想法了呢。

雖然我沒料到屋頂事件過後肉搏戰還會持續下去，但這也沒辦法。

倒不如說，打敗伊吹之後才是問題。我就不拖泥帶水地了結這件事吧。

「你真的是個讓人很火大的傢伙耶。優先想著離開這裡的事情。」

「畢竟是這種地點嘛。如果讓人知道我們進入倉庫的事實，也會變成一種問題。」

如果不立刻聯絡的話，進錯地方這種藉口的效果就會很微弱。

長時間進入放著商品的倉庫，這件事實將有重大影響。

不曉得伊吹懂不懂我的這種心情，她一邊戒備一邊踹出了踢擊。

足技果然就是她的主軸嗎？

要在狹窄的倉庫中不停閃躲並不容易。再加上可以的話，我很不想對堆放著的紙箱做出會造成損害的行為。

我有各式各樣的開銷，而且目前也向輕井澤借了「大量的個人點數」，我還真希望避免浪費。

不過，我不覺得現在伊吹的內心會因為一點反擊就屈服。她應該不會在賭上自己尊嚴的戰鬥上輕易認輸。

話雖如此，但就算我消除了她的意識也一樣。伊吹就算是爭口氣也不會認輸。

規則是由她本人判斷輸贏。我被塞了一場麻煩的比賽。

要贏就不得不攻擊，但我也不能隨便亂打人。如果這是殊死戰的話，我這邊也不會手下留情，但這可是一場沒有任何好處的場外賽。不論是臉也好、腹部也罷，我都不想在對方身上留下不謹慎的傷口或瘀青。

那麼一來，我能使出的招數就必然會受到限制。

要讓她領悟自己輸掉，同時不讓她受傷。我要使用能兼顧兩者的手段。

當然，雖然哪一種都不是絕對的……

我用最小限度的動作鑽過伊吹的踢擊，並使用了非慣用手的左手。

啪——隨著這樣冰冷的聲響，我以掌底攻擊了伊吹的太陽穴。

這是使用掌根的堅硬處打擊對手的招式。

可以讓傷害滲透到打擊對象的體內。

伊吹因為強烈的聲響與疼痛，像是被往後颳飛地倒了下去。

「哈——」

被打到的伊吹應該不知道發生了什麼事，意識正因為痛楚與恐慌而朦朧不清。

再用力一點打下去的話，她恐怕就會失去意識了吧。

伊吹莽撞且全神貫注在打倒眼前的敵人。就算中斷她的意識很簡單，但要斬斷她的想法還是很不容易。

「……意思是我根本不用你使出真本事嗎？」

伊吹一面抵抗搖晃的視野，一面扶額往我瞪過來。

「如果妳是有習武經驗的人，那妳應該知道才對。」

「我知道。這種事情根本用不著你指出……可是，有些事情我也是不想接受的。」

那就是指和我之間的這場對決嗎？

伊吹吶喊出不成言語的吼叫，再次朝我踢過來。

這是破綻絕不算小，而且只重視威力的踢擊。

說不定她有那種知道要小花招也打不中所以想賭在一擊必殺上的想法。還是說，她的目的是抱著互相反擊互毆的覺悟呢。

但無論如何我都不打算乖乖接下那些攻擊。

我用右手防住伊吹踹出的踢擊，然後用空著的左手抓住伊吹的脖子。

「嘎……！」

這個狀態就連好好呼吸都沒辦法。

伊吹雙手掙扎似的抓住我的左手。她用指甲抓著我，並死命抵抗。但我的左手卻動也不動。

「做出決定吧，伊吹。妳要在此先收手，還是要無謂地繼續反抗下去。如果妳選擇了後者，那妳就到此為止了。」

如果她會因為這種簡單的話就接受，就不會演變成這種狀況了。

但我最後還是決定再次考驗伊吹。

「龍園展現過他的力量了。那妳又怎麼樣呢，伊吹？妳有足以展現出來的實力嗎？」

「咕！」

伊吹彷彿使出了最後力氣般地瞪了我。

可是——

伊吹的手顫抖著，她慢慢地把手放到我的左手上。啪啪啪——輕敲似的虛弱地拍了三下。看見那個動作跟她閉上雙眼的死心表情，我就明白了。

我慢慢鬆開左手的力量，釋放了伊吹。

「呼……呼！雖然我不覺得你會因為對手是女人就放水，但你真的是毫不留情呢。」

「妳不是能夠放水的對手吧。」

再說，我要是放水的話，伊吹可是會更加激動。

哎，雖然我實際上幾乎沒有使出實力，但那又另當別論了。

重要的是別表現得像是有在放水。

「啊——真是的。為什麼……」

雖然很不甘心，但伊吹好像還是拋開了某種疙瘩似的當場坐了下去。

「算了。我承認就是了。承認是你贏了。」

勝負對我來說根本就無所謂，不過如果這樣伊吹就會接受，那我也沒什麼好否定的。

意思就是說，這場魯莽的比試對雙方都還是有點意義。

「像你這麼強的傢伙，就算是在大人裡我也不曾見過。你是怎麼做才變得那麼強的？」

「每天反覆鍛鍊。妳有習武經驗的話，反覆練習也是理所當然吧。」

「這樣啊。」

伊吹理解我沒有認真回答，就放棄似的嘆了口氣。

「所以說，我們要怎麼離開這裡？你不是說也要我幫忙嗎？」

「很簡單。」

我不是從學校的網站直接聯絡櫸樹購物中心，而是透過學校的網站打給其中的藥妝店。

「不好意思，請問一位叫做木村先生的店員……嗯，沒錯。如果他在的話，能請他來接電話嗎？」

不久，店員木村就接起了電話。

我把被關在這裡的事情告訴了他。

「這樣下去不會變成問題嗎？」

「是啊。沒有保證可以不受懲罰就熬過去。為了能不鬧大事情就解決，我也要請妳跟我一起裝笨，伊吹。」

不久，應該是剛才那名上了鎖的工作人員，開了鎖進來裡面。

他一見到在倉庫裡的我們，就來逼問我們為什麼要進來，還有為什麼不立刻聯絡他。

「不好意思，我和她約會太過興奮，就找了個沒有人煙的地方。所以才會連這裡被上鎖了都沒有發現。」

我打算利用聖誕節在即這件事，扮演一對興高采烈的笨蛋情侶。

當然，就算是說謊，我也不會說我們是「情侶」。

因為如果工作人員把這裡的事情向上呈報，就有可能會被當作是假的。

我決定徹底避免明講，並讓對方認為就是如此。

「欸，澪，妳也道歉吧。」

「啥、啥啊？你幹嘛擅自——」

伊吹對於被叫名字的事情反應靈敏，但我還是使眼色要她住嘴。

我們現在處在這種情況下，她應該很清楚明顯的失言會反過來影響到自己。

當然，我對於萬一她背叛我的事情也有做考量及準備。最壞的狀況就是我也會受到損傷吧，但我假定要把半數以上的責任推給伊吹。因為要證明主動踏進這個房間的是伊吹並不難。

「……對不起。」

伊吹雖然不服氣，但還是低下了頭。

我順著這種發展也告訴他，我們沒有碰東西。

儘管男性工作人員再三嚴正告誡我們，但這也是因為他自己忘記上鎖，所以這次就不會向上級報告。我不叫購物中心裡的其他店員，而是叫出上鎖的當事人，也是盯準了這點。

說教完被釋放之後，店員木村便將門上了鎖，回去工作崗位。

就這樣，我們度過了密室裡的苦難，平安無事地成功到外面。

「總算是設法解決了呢。」

「……你在那一瞬間連店員的名字都有在看？」

比起被直呼名字，她似乎更在意那種事情。

「我不是刻意看的。那是不知不覺映入眼簾的。」

「哦，這樣啊。」

明明就是她自己來問我的，感覺卻很冷淡。

「總之，我絕對不會再和你扯上關係了。就這麼說定了。」

「那還真是令人感激。」

「但在那之前……最後只有一件事情，我想問問你的意見。」

「意見？」

「要升上A班，一個人會需要兩千萬，你知道那件事情吧？以全班來看的話就是共計八億點。你認為那種離譜的個人點數，在畢業之前存得到嗎？」

「不可能呢。這個戰略不論任何人來想最後都會選擇放棄。」

我立刻回答。

「這樣啊。也是。」

「那就是妳最後想問的問題？」

「嗯，結束了。那就這樣。」

她好像沒有更多話要說，於是就不發一語地離去。

這樣我和伊吹之間的緣分就了結了——雖然我很想要那麼想……但既然三年都會待在一起，就肯定會迎接無法那麼說的一天。我只有那樣的預感。

# 4

「真是多災多難。」

雖然一開始的安排有部分變更，但我還是結束了漫長的半天，總算能回去宿舍了。寒假的外出真是伴隨著危險。

坂柳加上神室，還有與伊吹之間的小糾紛，還跟石崎他們擦身而過。

我在手機上確認時間，現在已經過了下午三點。

「啊哈哈，說得有道理——」

我為了回宿舍而在櫸樹購物中心裡走著路，這時有女生三人組拐彎過來，就走在我的稍前方。

是佐藤、篠原，還有松下。全都是D班的學生們。她們感情融洽地邊走邊聊。

我和佐藤安排後天要見面，因此在無意識之間被她吸引住目光。

我一面隱藏氣息，一面不被發現地保持一段可以聽見聲音的距離。

我只是有「如果可以得到有用的資訊就太幸運了」這種程度的想法。

「結果，我們到聖誕節都沒有交到男朋友呢——」

松下看著周圍的情侶們，同時摻雜著嘆息這麼說。

「妳明明想交就交得到。因為妳很可愛呀。」

篠原賊賊一笑，戳了松下的胳肢窩。

「我才不想要不惜妥協就交往。」

「說得也是啦。但我應該還是會想交男朋友吧。」

「那麼妳有男友候選人之類的嗎？」

松下對篠原這麼詢問，篠原卻雙手抱胸，露出不開心的表情。

「完全沒有。首先，畢竟我們班的水準都很毀滅性。」

「唯一最棒的對象也被輕井澤同學搶走了呢——」

那個對象當然就是平田。

「和別班都是在考試上戰鬥，也沒閒功夫培養感情。我甚至覺得是不是乾脆和高年級生交往會比較好～雖然其實大學生之類的會更好。」

松下說同年級生不在擇偶範圍之內。

「高年級生呀——我這種人年紀大的或許反而沒辦法。要談戀愛還是要同年紀吧。」

對照之下，篠原似乎覺得同年級生比較好。

「佐藤同學，妳是怎麼想的呢？」

「咦？我？我想想——我應該也和篠原同學一樣覺得同班同學會比較好吧。」

「不不不，我又沒說是同學。」

篠原立刻否認。那個部分似乎是她不得不否認的要素。

「話說回來，佐藤同學……妳是不是有去和綾小路同學搭話呀？」

我的名字突然冒了出來。要是她們不經意回頭，我就會一擊出局了。

我把視線望向旁邊書店面向走道側的專櫃。

我馬上就放棄追上並且轉換狀態。

也為了和佐藤她們拉開距離，我就暫時在這一帶消磨時間吧。

「《本年度流行商品排行榜》嗎？」

那似乎是個排名日用品到家電用品，這種身邊各項物品的東西。

上面好像詳細寫著例如這間製造商的洗衣精是好是壞等等的內容。

我被勾起了一點興趣，決定拿起書本瀏覽看看。

「……或許買回去也不錯。」

雖然我不需要附錄的最佳汽車用品整理，但既然是額外附贈的，還是別放在心上好了。

因為我很不了解家電這部分的知識，所以這在我購買商品時，說不定能夠當作參考。

我想佐藤她們大概已經暫時回去了，於是便抬起了頭。

然而，視線前方卻看見篠原不知為何一個人站著。

剩下的兩個人好像都去了洗手間，篠原獨自站在原地等待。

看來我好像需要再稍微物色一下書本。

我為了購買《本年度流行商品排行榜》而拿起書，接著也開始看起其他東西。

書店裡沒有那麼多客人，可是我看見了一名很不相稱的人物。

那是個行為舉止實在很像是會幹壞事的人物——龍園翔。

他正在看著學術書籍的專櫃。

從我這邊只看得見背影，因此無法窺知他的表情。

「真不適合他耶……」

看見他沒有小弟跟在身邊，獨自站著的模樣，感覺好像有點寂寞。

不過，就算是昨天在屋頂上敗給我的隔天，他現在也堂堂正正地外出，該說真不愧是他嗎？

光是能確認到龍園外出走動都算是一種收穫了。

就算被他發現，我們也不是會站著閒聊的交情，所以我決定現在不要去靠近他。

「欸，妳是一年級生吧？」

「咦？」

「妳剛才是不是在瞪我們啊？」

「沒、沒有。我完全……沒有那種意思……」

當我正在瀏覽著其他書籍，就聽見了篠原困惑的聲音。

我抬起了原本面著雜誌篇章的臉，看見像是高年級生的兩名男女不知為何包圍篠原似的怒瞪著她。雖然我沒有見過女生，不過我記得見過那個男生。他是三年D班的學生。因為我在入學之初提出的交涉，他把考試的考古題賣給了我。我有聽說二年級或三年級生有不少學生退學，但他們似乎還是吃著山蔬套餐，到今天都沒被退學存活了下來。

兩名高年級生都同樣身穿圓點配條紋的情侶裝便服。而且，站著的距離可以碰到彼此的手臂。他們幾乎毫無疑問就是一對情侶了吧。

「妳一定有在瞪我們。這是錯在妳沒看前面走路吧？」

「好啦，走吧……別在意啦。」

雖然男方好像沒有放在心上，但總覺得女友那方滿腹怒火。

「我可沒辦法原諒她。明明就是個一年級生，而且妳也是D班的吧？」

「那是，那個，是沒錯啦……但我並沒有在瞪你們……」

「繼續胡扯呀，明明就是妳先來撞人還惱羞成怒。」

從狀況看來，應該是某一方沒注意前面，所以彼此擦到了肩膀。從沒看見雙方受傷或跌倒看來，可見那並不是這麼強烈的接觸。

「說起來呀，妳撞到了高年級生，那種態度是怎麼樣呀？道歉啊。」

「可、可是不注意前面的是……」

「啥啊？難道妳想說是我嗎？」

篠原想主張自己的正當性，卻好像無法忍受高年級生的壓力，所以就勉為其難地低下頭。

「……不，非常抱歉。」

然而，那種勉為其難的態度，當然不只是傳達到我這邊，也傳達給了高年級生。

她剛才就已經激起了女高年級生的怒火，這下子怒火更是轉為業火。

「啥，表現出那種態度再來道歉，我也完全感受不到誠意——」

「誠、誠意……但我認為沒在看前面的是學長姊你們。」

就篠原來看，在談她有沒有瞪人之前，總之好像是對方撞過來的。

「別開玩笑了，沒在看前面的是妳吧？」

「我哪有！」

看來就高年級學生的主張，她好像是想說走路不看前面的人是篠原。這和篠原的說詞互相矛盾。

然而，真相只有當事者們或目擊者才會知道。

這說不定是篠原難以解決的狀況。

我應該暫且出面解圍會比較好。雖然我也沒看見撞上的瞬間，因此難以判斷真相……不過我

「你問她做了什麼？她來撞了我，還惱羞成怒地瞪我們。」

他剛才說不定就像我一樣遠遠窺伺著情況。

從池的語氣來看，感覺他好像了解狀況。

「啊——不好意思，學姊。不過，這傢伙是我的同學。她做了什麼嗎？」

高年級女生咬上了突如其來的訪客。

「幹嘛，不要來打擾我們啦。」

池大多時候都會帶來麻煩，所以這也情有可原。

她不是那種得救了的反應。硬要說的話，篠原表現出就像是正在等待暴風雨離去時又襲來另一場暴風雨的困惑模樣。

「啊……池同學……呃……」

同班的男生池寬治無視學長姊們，這麼前來出聲。

「妳在做什麼呀，篠原？」

我覺得他或許是要去幫忙而在旁守望著狀況，那名學生和篠原搭了話。

他好像發現篠原被纏上，於是就靠了過去。

正當我這麼想並打算把書本放回書架上時，某個學生現出了身影。

應該可以順利解決吧。

「啊~我懂我懂，我也常常被這傢伙瞪。」

池一邊傻笑一邊指著篠原。

篠原應該很不滿，她好像無法理解池的行動，而驚訝得說不出話。

「不過，這傢伙的眼神很凶，平常就一臉像是在瞪人呢。該說她沒有瞪學長姊的膽子嗎？我覺得這大概是天生的吧。」

池邊摻雜著篠原的壞話，邊促使學長姊們收兵。

他好像刻意不提及碰撞，換句話說，就是不提是誰不對的部分。

「再說，我覺得最好別貿然引起騷動喔。因為剛才老師也在附近。」

假如被發現的話，麻煩的開端就會擴大。

池如此臨機應變。

最大的重點，就是這些話不是對女生說，而是針對男生說的。

你懂吧？——看來池對男友那一方用眼神這麼傳達很具效果。

「……走吧。」

難得的平安夜就近在眼前。對男生來說，他應該也不想繼續起糾紛了吧。

從抗拒爭端的男友那方來看，這是個結束的機會。

雖然女方感覺還是有點不服氣，不過她好像多少發洩了一些怒氣。

「哼！」

她這麼用鼻子哼了口氣，就和男生走掉了。總算是沒有釀成大禍。

兩名學長姊離開後，篠原就放鬆地吐了口氣。

「謝謝……」

原本以為池會很高興被人答謝，但他的態度意想不到地冷淡。

「沒什麼……我莫名其妙就這麼做了。」

他只有回以這種簡短的回答。

「但你剛才說得太超過了，我平常又沒有一臉在瞪人。」

「那是為了救妳的權宜之計啦。」

「不是還有更好的方法嗎？」

「我又不知道。」

「……這個，那個……謝、謝謝——」

「那、那就這樣啦，妳就好好享受沒有男朋友的聖誕節吧！」

「啥、啥啊！你自己還不是一樣萬年都交不到女朋友！」

池不知為何留下了這句失言當作餞別禮，接著就離開現場了。應該是因為他看見了從廁所回來的佐藤與松下吧。

然而，那兩人當然也目擊到了他離去的模樣。

回來和篠原會合的兩人露出了感覺很狐疑的表情。

「咦，剛才那是池同學吧？發生什麼事了嗎？」

「他又來捉弄妳了嗎？為什麼我們班上全是那種笨蛋呀？」

「沒、沒有，不是啦。剛才稍微有點事。」

我以為她會對兩人傾吐怒氣，但篠原沒有特別想說出事件。

篠原只是靜靜地看著池離去的背影。

畢竟問題似乎也沒有擴大，我也回去好了。

而且，我好像也沒辦法在這情況得到佐藤的資訊。

## 5

在我提著裝書的購物袋的回程上，有通電話打了過來。

我確認完螢幕上顯示的是長谷部波瑠加這個名字後，接起了電話。

『啊，是我啦。雖然很唐突，不過後天要不要大家聚在一起當Paripi呀？』

「嗯？妳說聚在一起做什麼？」

雖然我後天的安排已經決定好了，但我對於沒聽過的單字還是不由得反問。

『你不知道Paripi嗎？Party people，簡稱Paripi。』

不知道什麼時候出現了這種新說法。

不，試著回想看看，我好像也曾經聽過哪個同學說過就是了。

意思應該就是喜歡派對的人聚在一起吵吵鬧鬧吧。

『派對的主題就是——聖誕節不是專屬情侶們的節日。』

原來如此。聖誕節給人帶來的影響果然不限於情侶。

這個節日好像也會給周圍的單身人士帶來影響。

「抱歉啊，我後天有安排了。」

雖然好像很有趣，但我現在不得不拒絕。

『……嗯？後天是聖誕節，這是怎麼回事呢？』

被她反問是怎麼一回事，我也很傷腦筋，但如果波瑠加他們也會在外面玩，那也就會有被他們看見的可能性。這裡老實說出來應該會比較好。

「我和佐藤(Satou)約好要去玩。」

『你說的佐藤是指方糖的那個砂糖(Satou)嗎？你要把它放到口袋之類的出門玩？』

這是哪門子的裝傻啊。

『咦、咦？什麼，難道你要和佐藤同學約會？在聖誕節嗎？』

不用我重新說明，波瑠加當然也了解意思才是。

但該訂正的部分，我還是先訂正好了。

「那並不是約會，我只是去玩而已。」

『世上就稱之為約會。』

雖然或許如此，但就我的角度來說，我不打算使用約會這種字眼。

「我之前拒絕過好幾次邀約，接著就被佐藤拜託約在二十五日了。」

『不——不不不，那樣有點不妙吧？』

當然，我進到這間學校，也一路學習了世間的風氣。

我並不是完全不了解男女在聖誕節外出的意義。

即使如此仍接受佐藤的邀約，也只是因為她挑了二十五日。

『我要確認一下，你們應該沒有在交往吧？』

「和椎名那時候一樣，我沒有在和任何人交往。」

『我想也是呢。唉，雖然這件事情不該由我說三道四……但愛里她呀……』

「愛里？」

『我覺得小清後天不參加的話，她各方面都會很在意吧。而且應該也不能說是你生病了吧。』

實話實說就可以了——雖然要這麼告訴她是很簡單，但這應該也行不通吧。

『我知道了。我會想點辦法。你們後天要去哪裡？』

「意思就是說，你們也會配合我們的安排來行動嗎？」

『也只能那樣了吧。那孩子要是看見小清和佐藤同學在聖誕節約會說不定會昏過去。』

我覺得說昏過去實在是誇大其辭，但如果是愛里的話好像也不無可能。

視情況不同，我或許會讓她非常沮喪。

當我正在這麼想的時候，電話另一端的波瑠加的氛圍就改變了。

『難不成……你有察覺到愛里的心意？』

我被波瑠加問了很接近核心的問題。

「有沒有如波瑠加妳想的那樣另當別論，但我認為自己至少理解她對我的情感和別人對我的情感有點不同。」

『雖然說法好像有點奇怪，但原來是這樣呀。意思就是說，你沒有遲鈍到那種程度呢。當然，就算我知道了那些也不會說些多餘的話就是了。』

多餘的話。

換句話說，應該就是「你不回應愛里的心意嗎？」之類的內容。

如果由我來講，我覺得愛里是隻才剛開始自己行走的雛鳥。

她處在還沒有認識很多人的狀態下，對我這個為數不多的要好異性寄託情感，也是情有可原。她必須先和許多男女共度時光，並在那段過程中成長。

因為藉由這麼做，她說不定就會對我產生與她看見的戀愛不同的其他情感。

那也是能對我自己說的話。

何謂學校、何謂朋友，還有何謂喜歡的對象。

這些全是我不太能理解的事情，我無法做出輕率的判斷。

『總之，我會再聯絡你。』

「抱歉啊，沒辦法跟你們去玩。」

我這麼道歉，波瑠加對此立刻回答：

『我們這群人應該本來就不會受到那種約束吧，要是約束力莫名其妙地增強，這團的優點就會消失。喜歡時就相聚，不喜歡時就拒絕。就是因為我們這團可以那麼做，所以才會那麼有魅力呢。』

波瑠加這麼回答，然後就結束了通話。

「確實如此呢。」

假如邀約產生了強制力般的東西，這團的優點就會消失。

我再次了解到，我們這團實在是很難能可貴。

## 各自的過節方法

二十四日平安夜到了。

情侶們今天和明天大概都會度過一段既忙碌又幸福的時光吧。

另一方面，這或許也是和絕大多數學生都沒有關係的一天。

不過，他們一樣都會迎接平安夜，所以我對他們的過節方式有點興趣。

我一早七點前就出了家門。

今天很不可思議的是，我和兩個男生約定要見面。一個是我自己去約的，另一個則是對方來約我，實在是很奇妙。

從宿舍出去外面，附近已經成了一片雪白，給人感覺是真正的冬天。

「原來積雪是像這樣堆成的呀。」

大自然的力量還真是厲害。

天空仍靜靜地下著雪，但氣象預報說七點鐘會停，所以很快就不會下了吧。

好像因為寒意也透過視覺傳達過來的關係，所以明明氣溫跟昨天沒什麼差別，卻莫名地讓人

覺得很冷。我差不多該考慮準備手套、圍巾了呢。

雖然是理所當然的，不過不到七點的寒假早晨，大部分學生應該都還在沉睡吧。

「好冷。」

離櫸樹購物中心不遠的長椅旁，當然完全不會有人影。

我大致上拂去長椅上的雪之後，就在那裡坐了下來。

在不斷下著的雪剛好停下來的時候，那個男人出現了。

「不要一大清早就叫人出來啦。」

這麼臭罵我的人，是C班的領袖龍園翔。不，他算是前領袖了吧。

他帶著銳利的眼神往我瞪過來。

「不是這種沒有任何人在的時間，我就沒辦法把你叫出來了吧。」

「那是你家的事。與我無關。」

龍園會這麼臭罵我也是當然的。

確實硬要說的話，被人看見和龍園單獨見面，會傷腦筋的人是我。

就算不是無憑無據的謠言……也會無法避免掀起多餘的謠言。

「所以，你找我有什麼事？」

「想說要找你閒聊。要是我這麼說，你會怎麼辦？」

「哈，就睏得要死的早上來講，這還真是個有趣的玩笑。」

雖說是一大清早，但龍園也很清楚我正在冒險。

他應該從一開始就完全不覺得我那些話沒有意義。

「話說回來，我昨天看見你了。而且也在其他地方看見了石崎他們。」

這也是龍園如宣言那樣辭去領袖的證據。

雖然也有可能是假動作，但就我看石崎他們的樣子，應該是不可能的吧。

但說起來，對我表現出那種樣子也沒好處。

「你很高興自己成功達到阻止我退學的目的吧？」

「我很佩服你。你就算變成了孤身一人也不會窩在房間裡呢。」

「我要在哪裡做什麼都是我的自由。還是說，你每次看見我心裡都會充滿不安？因為你不知道我會在什麼時候決心要報仇呢。」

「然後，到時我就會後悔了嗎？後悔沒讓你退學。」

龍園把腳放在我坐著的長椅旁的另一張長椅上，大膽地除去積雪。

接著一屁股坐了下去。

「可以的話，我希望你能別那麼做。雖然這也是為了我平穩的校園生活，但主要是因為你當對手的話，我會覺得很棘手呢。」

如果奉陪了龍園的手段，就會超出必要的消耗體力。

我可以想像那些人堅持不住並且屈服於龍園的模樣。

「既然這樣就不要把我叫出來。你可別浪費我像這樣來見你的奇蹟。」

多餘的話大概說到這裡，我就來提出正題吧。

如果不小心錯看時機，龍園就會毫不留情地離開這裡。

何止是這樣，頂樓事件的後續可能真的就會開始。

「上次屋頂的那件事，我想先做些補充。」

「你說補充？」

龍園大概是覺得，我事到如今還在說什麼吧。

就算被特地做了戰敗分析，也不會讓人開心。

不過，先和他報告我之前沒能告訴他的事實也很重要。

「你在那個場面上還真是英明果斷啊，龍園。如果只有你一個人的話，你恐怕也可以在屋頂上堅持跟我戰鬥下去。」

但那個場面上同時還有伊吹、石崎、阿爾伯特。這點變成促使龍園下決斷的主要因素應該也是事實。情勢越是惡化，就越是會增加危險性。

最糟糕的情況，也可能會變成無法以龍園一人的責任問題來解決。

他的投降不只考量到那個瞬間，甚至還洞見了未來。是很有價值的一招。

雖然故意這麼安排的人是我，但在他能夠回應我的期待的這層意義上，龍園的潛能果然很高。

「我打從心底覺得你是個很亂來的傢伙，徹底鄙視別人的態度真教我不敢恭維。我還以為那是我的專利，但既然敗給了你，我也就只好歇業了呢。」

「我只是傳達了事實。」

「告訴我這種事的好處根本連想都不用想。這和不惜利用石崎他們也要阻止我退學的理由有關聯，是這樣沒錯吧？」

雖然我期待過對話的走向可以順利推進，但希望似乎很渺茫。

「你覺得靠耍小聰明的手段還能策動我嗎？」

「策動？這是什麼意思？」

「別裝蒜了。我是在說你要把我丟去攻擊別班的事。不然你把我留在這所學校就沒有意義了。」

如果我不會利用龍園，那他的存在就只會變成阻礙。

他都自己選擇了退學，放著他不管就好——要這樣想似乎很容易吧。

「你不重新提起幹勁嗎？你這個男人應該很享受交戰這件事情本身吧。」

「就算打敗了B班或A班，只要你還留著就沒意義了。」

沒意義。說得還真是武斷。

「什麼啊，你因為輸掉一次就這麼灰心喪志了？」

我一說完，龍園的眼神裡就燃起了一絲憤怒般的情感。

「要不要我現在就在這邊大鬧一番？如果你希望的話。」

「我有點說得太過火了，你就原諒我吧。」

假如沒有伊吹或石崎他們的事，我大概早就被他揍飛了吧。

這個男人過去不懂何謂恐懼。

現在則了解到了恐懼為何。

不過，龍園就算這樣也還是會若無其事地在這個場面上抵抗我吧。

他十足地擁有即使恐懼也會向前邁進的潛能。

當然，雖然這是如果他沒退學並持續學習成長的事情就是了。

「我們之間已經分出了一次高下。今後我不會再提起屋頂上的那件事。我答應你今天這會是最後一次。我們就以此為前提來談談吧。」

龍園當然不會相信口頭上的約定。

這只是形式上暫時讓他放心的話。

「真可疑。繼續說下去也沒用。我不覺得會出現對我有利的話題，我要回去了。」

龍園的不愉快指數好像上升了，所以試圖結束話題。

「那倒也未必。」

我叫住打算起身的龍園。

在龍園看來，他打算回去的舉止或許也是一種為了引出我的話的策略。

就是因為他覺得會有什麼內容，所以才會在一大早就出了宿舍。

他應該打從一開始就不打算空手而回。

龍園沒有往我這裡看，就重新坐了下來。

「我接下來說的話，你要怎麼理解都是你的自由。不過，你不覺得今後沒完沒了地持續單純的戰鬥，也很無趣嗎？」

面對我不斷做出文字遊戲般的詢問，龍園好像覺得很焦躁，但他馬上就做了回擊。

「你說單純的戰鬥？」

「D班打倒C班、打倒B班，最後再打倒A班。接著堀北他們就可喜可賀地變成了A班。雖然就故事大綱來說，這很正規而且也很受歡迎，不過我們沒必要拘泥於那種形式美。」

如果這是正規的冒險武打劇，說不定就理應從弱的開始依序進攻。

然而，這可是現實生活。戰鬥方式根本就不存在著順序。

要從A開始攻擊或從B開始攻擊都是自由的。和敵人C班聯手也不會算是例外。

「很有趣的是，第三學期開始A班好像會去找B班的麻煩。我們也是可以趁對方的目光集中在B班時從背後偷襲他們，接著一口氣擊潰A班。」

這個話題對龍園來說也不是沒有意義。

「那消息可以相信到什麼程度？」

「誰知道，大概一半一半吧。」

我也得先考慮坂柳是在虛張聲勢的可能性。

雖然如果從個性那種部分去理解，她十之八九會去執行。

「如果那條消息正確，這也可以說是很好的機會。但我以為你們D班和B班締結了不互相敵對的協定。要攻擊A班是可以，但B班在那段期間就會被擊潰。憑一之瀨是贏不過坂柳的。」

「勝負都無所謂。我不打算出手。」

「你要見死不救嗎？」

「如果你能替我打敗一之瀨，我省了麻煩也是不錯。D班或許可以不用辛苦就升上A班。再說，如果是坂柳的話，她說不定可以弄出退學者。我差不多也想知道出現退學者時的懲罰會是什麼了。」

「你真是各方面都讓人很不爽耶。你沒有打算往上面的班級爬。你難道不是在不想引人注目

的心態下採取行動嗎？」

「那是事實。不過周圍自作主張的行動，就相對無不妥之處。如果可以自動升上A班，也不是件壞事呢。」

我說的那個周圍，當然就是指A班或B班以及龍園了。

「你要冷眼旁觀，什麼也不做嗎？」

「我有必須解決的問題。因為我們班還留著一個棘手的人物呢。」

那也是龍園熟識的人物。

他想都不用想，嘴裡就吐出了那個人物的名字。

「桔梗嗎？她對你們來說確實很棘手吧。在這所學校的機制上，光是內部有敵人就會受到相當大的限制。」

想要盡快處理眼中釘，就是我真正的想法。

雖然升上A班或班上出現退學者，如今我都不必那麼放在心上，但櫛田的問題是在於她盯上的目標是堀北。

既然我也有在屋頂事件上亂來，我就不能與前學生會長堀北學為敵。如果在那傢伙的在學期間發生妹妹堀北鈴音退學那種事，那個男人恐怕不會手下留情。

我想避免我的校園生活亮起黃燈。

「前幾天桔梗也來聯絡過我，她問我什麼時候要動手。但很不湊巧，我那時正熱衷於把你逼入絕境而沒有理會她，她在考試上輸掉之後，好像也虎視眈眈地熱切希望鈴音退學。呵呵，那女人還真是有趣。」

「你好好利用櫛田的話，不是也可以給我們班帶來打擊嗎？」

「如果是要打擊鈴音或班級的話，她就會是個最好的素材。但要擊潰對班級沒有熱誠的你，憑櫛田的效果實在是太弱了。」

如果要對我下手，憑櫛田確實不夠力。

「你打算怎麼做？即使可以靠藥暫時抑制，但惡性腫瘤只要沒切除，就不會完全消失。何止這樣，甚至還會侵蝕到其他臟器並且轉移。」

不久，臟器就會完全腐爛並走到死亡。

「結論已經出來了。完全沒有爭辯的必要。」

「哦？說給我聽吧，綾小路。你要怎麼徹底制住桔梗？」

「我有必要回答嗎？」

「之後會不會變成你期望的發展，或許就會取決於這個答案呢。」

雖然只有一點點，但龍園還是期待似的笑了出來。

但他的嘴裡好像很痛，笑容馬上就消失了。

天氣開始變得有點冷了。這個季節長時間待在外面身體會凍僵，不是很好。

「D班會在第三學期升上C班。不過，恐怕會再次掉回D班。」

「要說為什麼——那就是因為我要讓櫛田桔梗退學。」

「呵、呵呵。呵哈哈哈！」

龍園無視疼痛，放聲大笑。

「我真的打從心底覺得你是個很恐怖的男人。就算會有犧牲也要解決對方啊？即使對方是沒用的小嘍囉，這所學校裡還是存在著一堆無法捨棄他們的棘手系統。你就算很清楚這點，也依然打算讓她退學啊。」

事情當然不會那麼單純。

既然現狀沒有足以讓她退學的要件，這件事也會受到下次之後的考試影響。

再說，學校系統上有讓我有掛心的規則也是事實。

「算了，你果然得這樣才對呢，綾小路。」

「你接受了嗎？就算不聯手也可以互相合作，你不這麼想嗎？」

「呵呵，拉下桔梗的事，還真讓我有了樂子。但我會不會聽信你的花言巧語乖乖攻擊A班，就另當別論了。」

「我覺得有可能就是了。」

「別胡扯了。與其要我去和別人互相廝殺，我還不如先把你幹掉。」

他微微望向我的眼神之中，看起來好像恢復了活力。

龍園即使了解到恐懼，眼神中也依然閃耀著光芒。

我們的眼神交錯。

「綾小路，你好像就算來硬的也打算利用我，不過我可不打算戰鬥。」

「好像是這樣呢。」

他的意志好像很堅定。似乎會完全從舞台上消失蹤影。

還是說，他會在檯面下持續動作呢？

「龍園，我先給你一個建議。你想出執著在個人點數上的作戰很不錯。不過有漏洞也是事實。就算可以讓一兩個人勝出，也不可能把全班都拉上去。」

「是伊吹那傢伙說出來的嗎？」

「不算是說出來。她只是問我存不存得到八億。」

我不難想像那是龍園打算執行的作戰。學校至今為止的歷史就說明了那個戰略沒有勝算。推測要存下八億點個人點數，是很不切實際的。

我以為龍園是為了獨自勝出，或只想把親近的人拉上去，才執行存下個人點數的作戰。

他在屋頂上打算放棄個人點數是因為要退學，如果選擇留在學校的話，我推測他將會在暗地裡再次行動，蒐集個人點數。

然而，從伊吹的樣子推測，感覺龍園是抱著讓全班勝出的作戰在蒐集個人點數的。要以暴君身分存在，的確就必須準備相應的報酬，但那種東西只要在最後的最後作廢就行了。不可能將會這麼做的約定明確地留下來當作紀錄。

「還是說，你只是假裝在存八億點呢？」

假如他連伊吹都騙的話，這個話題也就到此為止了。

「就算現在你手頭上的點數耗盡，你也還有和A班之間的契約。就算用一個月入帳八十萬點的計算單純去想，目前還剩下二十五個月。算起來，到畢業為止還勉強趕得上。如果把每個月會進到自己戶頭的個人點數也加進來，就可以再縮短一點時間了。要更多還真是貪心。」

這樣龍園翔就會名正言順地遵循制度晉升A班。而且還可以畢業。當然，雖然大前提是A班沒有破產，他還得避免不必要的支出，不過這不是件難事。

「綾小路。你確實很聰明，而且很有本領。但你好像還是距離完美有段很長的距離。」這不是在開玩笑，龍園嘲笑似的說。語氣是認真的。

換句話說——這代表著他有辦法存到八億。

「你是說你有把全班往上拉的密技嗎，龍園？」

「聽好了。在年級之間移動的個人點數是很龐大的。如果不把退學者考慮進去的話，各年級就有一百六十人。三個年級加總起來就是四百八十人。要是每個月都可以從所有人身上榨取十萬點，光是這樣就有四千八百萬點。如果一個月二十萬點以上，甚至還可以達到一億。」

持續八個月的話，大約就是八億。他是說，達到目標金額也不會是夢嗎？

就算計算起來很足夠，但那種內容實在也不是能夠執行的。紙上談兵也該有個限度。

就算是詐欺戰術，如果大量點數流動的話，學校應該也會加強監視。假如他讓大家都中奇招，從所有學生身上成功詐取一個月的點數，也頂多只有一億而已。這果然不可能。

如果連那一億都有判斷不正當的餘地，點數就會立刻被回收，並且受到懲處。

絞盡腦汁並正面攻擊，又可以存下多少點數呢？

儘管覺得沒用，我還是再次算了算。

假設全班的合作是必然，而且將班級點數維持在高水準的一千點。一年大約就會是五千萬點。

如果順利熬過特別考試並且理所當然地存下來，也不知道能不能存到一千萬點前後。換句話說，一年期間大約會是六千萬點。

就算毫不浪費地完美考完，這附近也是極限的標準。

三年期間一億八千萬點。就連兩億都不到。這是一個班級最多可以存到的個人點數，但實際上應該還會大幅減少。

就現實的標準來說，要是可以達到一億五千萬點就謝天謝地了吧。

雖然我這麼做出了結論，龍園說的話卻讓我不由得覺得好像有根據。

看著他的側臉，我的腦海閃過了想法。

「也未必達不到啊。」

龍園看準的戰略。

我先前沒看見的戰略。

「我和你的手段類似，但根本上的思維好像不一樣呢。」

「我是盡量不做出低勝算選擇主義者。」

「我想也是。但你也能看見了吧？看見我在想的戰略。」

「嗯。我原本認為你的戰略勝算是零，但現在升到了百分之五以上。」

不過，要讓戰略成功，也有好幾樣絕對不可或缺的要素。

「比起這些事，綾小路……你頭上怎麼頂著雪？」

我被他這麼指出，就看了看自己身上的打扮。

「啊，沒有，不知不覺就這樣了。因為雪的觸感很舒服。這樣很奇怪嗎？」

我在雪不停下著的期間，因為覺得很有趣，所以就維持一動也不動。結果雪就積在我身上了。

從頭到肩膀、手臂、腿上，都可以看見留有還沒融化的雪。

雖然他指出這點很令人感激，不過我是不會撥掉的。

反正很快就會融化消失。

像這樣試著觸碰雪也很不錯。

「真是個亂來的傢伙。」

「你聽見了那些話，應該會越來越覺得我們利害一致。」

「好事情當然都會充滿危險味道。如果有必要的話，你就算是夥伴也會若無其事地捨棄對方。你能和打算捅彼此一刀的對象合作啊？」

「如果你有那種度量，就不需要擔憂了。你要是害怕被出奇不意地攻擊，就只要更出奇不意地進攻就行了。不過就是如此吧，龍園。」

我不求友好的合作關係。

只讓兩者的利害一致，在某種意義上會產生更強韌的關係。

「那就這樣了，綾小路。我會在最後替你做事前準備。」

「事前準備？」

「雖然要視第三學期的動向而定，但C班……不，變成D班的我們，今後恐怕會換成金田和日和接任下去。雖然最後會是由他們來決定，不過我會灌輸他們攻擊A班，還有今後完全別對變成C班的你們出手才是上策。」

也就是說，會是龍園以外的人來決定要怎麼判斷呀？

「這樣真不錯呢。」

就算龍園要退場，假如金田他們來攻擊我們，那就相對地無法避免多費工夫。

尤其石崎或伊吹對我沒有好印象。他們也可能會動員班上對我們班挑起戰鬥吧。

「不過，那個事前準備的條件也包括了剛才那件事。如果你們升上A班時會答應要求，那我就聽你的。」

「然後，你就會願意在背後策動椎名他們嗎？」

「那是不可能的。我說過我要退場了吧。」

「換句話說，你會做的就只是一個事前準備……真會敲竹槓。」

就算把不可侵略當作條件，這對我來說都是壓倒性的不便。

「你不要覺得自己可以輕易地讓我行動，綾小路。」

例如像是和葛城締結的契約也好，龍園都會巧妙深入對方的內心。

「要我接受那項提議也行，但我無法在書面上寫出來。這只算是口頭約定。」

「呵呵，你在暗地裡行動，是不會要求那種東西的啦。不過啊，你如果作廢的話，我可不會善罷干休。無論使用什麼手段，我都一定會讓你後悔。」

聽起來也像是在說「不然你毀約看看」。

「雖然我想這是多餘的，但你就讓我問一件事吧。就算我們在這裡締結祕密約定，我也不覺得『作戰』剔除你之後還會成立。」

就算從百分之零提昇到百分之五，在那之後也會需要相當的本領、運氣。

要說有誰擁有那些條件，也就只有龍園而已。

「我才不管那麼多。要不要活用那個機會就看金田他們了。」

意思好像是他完全就只會做事前準備而已。

那就是一路以暴力與恐懼支配著舊C班的男人，他負責任的方式。

這大概就是他最有誠意的補償了。

「成交。」

我決定握住龍園的手。

不論如何，龍園都不是輕易能夠駕馭的人物。

如果可以引導他隱居，同時又不妨礙我，就會是一筆很划算的交易了吧。

不，如果只有這件事的話，我還不能夠大意。

「這樣子話題就結束了嗎？雖然你原本的邀約內容，是有想讓我見的人物。我不覺得一年級裡存在著有那種價值的人物。」

「是啊。一年級之中說不定不存在。」

「什麼？」

「時間剛好。」

約定時間近在眼前，這時，那個男人就像是算好似的從遠方現身。

龍園看見那身影，好像也對意外的訪客藏不住驚訝。

那個男人走到我們這邊，就大概剛好在我和龍園之間停下腳步。

「……居然是這傢伙嗎？你說想要讓我見的人。」

我對龍園提出的問題不予否認，接著看向了那名男人。

「一大早就叫你出來，真是抱歉。」

「沒關係。要密會的話，這個時間很好。地點也選得不錯。」

因為是在學校有限的用地資源裡。

這個位置就算遠遠看，也馬上就可以知道從左右側過來的人。

萬一有人過來，這個男人大概就會裝作局外人走掉。

「你和前學生會長好像相當親近呢。原來鈴音也有派得上用場的地方呀。」

包括上次屋頂事件也是這樣。龍園微微地笑了出來。他好像已經察覺堀北是學生會長的妹妹，或是好像已經調查過了這件事。

「我還以為只有綾小路一個人，想不到龍園也同行。」

與其說是感到驚訝，不如說他應該是為了以防萬一而先做確認。

堀北哥哥看了一眼積在我頭上的雪，就毫不介意地說起話來。

「那麼，我就在龍園翔也是你的幫手的前提下，自作主張地開始談起吧。拖拖拉拉的也不知道會被誰看見。」

「慢著。你說誰是幫手啊？」

「至少我保證他不會是外敵。」

就算是說謊也不能說他是夥伴、幫手，所以我就先這麼回答了。

「綾小路，你還記得你之前找我幫忙時，和我約定好的事情吧？」

「嗯。你是指幫忙阻止南雲雅，對吧。」

「南雲？新任的學生會長啊？」

讓龍園一起出席這個場合，是因為我也想先讓龍園了解堀北哥哥的想法。當然，雖然我也可以私下個別告訴他，但由堀北哥哥直接說出口，將會遠比我告訴他還更有說服力。

「他好像很不喜歡南雲的作風。」

「原來如此。所以在籌劃利用綾小路阻止南雲啊。二年級受到那傢伙支配可是件很有名的事情呢。要對付就只能利用一年級了。告訴我一件事吧，堀北。你是從什麼時候開始盯上綾小路的啊？」

龍園不對堀北的哥哥使用敬稱。不只如此，態度還高高在上。

不過，我也是半斤八兩，所以沒辦法說他。

「入學後馬上就看上他了。雖然你好像找得相當辛苦。」

這應該不是在回嘴，不過面對龍園，堀北哥哥如此淡然地回答。

「呵呵。我是會慢慢享受過程的那種人呢。」

「話說回來，你被打得真慘耶。」

面對態度高傲的龍園，堀北哥哥像在給他教訓似的這麼說。

龍園好像也感受到了這點，便增強了眼神的銳利度。

「你如果覺得我的本領沒什麼大不了，那你要不要在這個地方試試看？」

就算我受傷，你也是我可以解決的對手——龍園這樣挑釁他。

「不用了，我對那種事情沒興趣。」

堀北哥哥冷靜回應。

「呵呵，我就覺得你不會答應。」

龍園輕輕地嗤之以鼻，把翹著的腳放到地上。

接著立刻往前踢，把雪踢飛到堀北哥哥的臉上。他的重點在於毀了他的視野。

龍園盯著他因為雪而忽然失去視野，且內心應該很動搖的瞬間，以堀北的腹部為目標擊出了右拳。

堀北的哥哥完全沒讓人覺得他視線不佳，他憑預測完美地防禦住了。

他往後退，同時不慌不忙、冷靜地用中指抬起稍微歪掉的眼鏡鼻梁架，修正了位置。

「我還以為你只是個聰明的知識分子，想不到還滿厲害的嘛。」

雖然說是突襲，但他還是對完全防住攻擊的堀北哥哥拋出了讚美。

「雖然我剛才應該有說過不用打。」

「怎麼了。如果不服氣，你隨時都可以攻擊。還是說，你沒辦法對一年級的做出反擊？」

「你真是得到了一個相當可靠的朋友呢，綾小路。」

啪。堀北的哥哥拂去衣服上沾到的雪和土。

「我也正在這麼想。」

龍園不論對方是誰都會緊咬上去的態度沒有改變。

「算了。單就知道了你算是有本事的男人，我就給你一點讚賞吧。堀北『學長』。」

雖然也不是不能把這些話理解成挖苦，不過龍園還是加上了敬稱。

「我也這麼想。雖然你不適合學生會，但我認為自己對你還是有一定的好評。」

「想不到我會被前學生會長稱讚，還真是令人感激。」

龍園沒有真心接受，他隨便聽聽似的舉手答道。

兩人這樣的對話結束後，堀北的哥哥就進入了正題。

「我想請綾小路你做的，就是遵守、維持這間學校的秩序，為此不擇手段。讓學生會長南雲雅退位，或讓他克制自己不做出不謹慎的行為，又或是阻止他。選擇容易執行的方法就可以了。第三學期開始，南雲的實權就會增強，他大概會正式地開始發起行動。」

「具體上來說會怎麼改變？學生會有那種權力嗎？」

「學生會當然不是萬能的。不過，和其他學校那種裝飾性學生會不同，被給予一定的權限也是事實。事實上，學校發生問題時，就是以學生會為中心在解決事情。綾小路和龍園，你們應該都很理解那點才是。」

須藤施暴事件時也是，做出審判的不是教職人員，而是堀北哥哥率領的學生會。

「學生會也被賦予了思考、決定一部分特別考試的權利。今年一年級在無人島上舉行了野外求生的考試，那就是以過去學生會想出的方案為中心定出來的。」

也就是說，南雲可能會在特別考試上創造出與目前為止都不一樣的東西嗎？

「他是打算把你們建造的無聊校園生活變得有趣吧。你就歡迎他嘛。」

龍園嗤之以鼻，重新翹起了二郎腿。

「前提是如果那是以正確的方式。可是，南雲目前為止都採取著引導好幾名學生退學的手段。事實上，到今天為止二年級學生就出現了十七名退學者。根據退學前的面談，光就我們知道的，南雲半數以上都有參與其中。」

十七人——我知道這絕不算是小數目。

「弄出這麼多名退學者，要支配學年大概也不難了吧。」

照理來說，恐怕也存在著打算阻止南雲的勢力。

但如果被反打的話，勢力就會逐漸衰弱，接著被吸收到旗下。

南雲就是這樣成功統籌整個二年級吧。

「現在他上任了學生會長，他的手段應該也會波及到一年級和三年級吧。可以預想明年之後也會給新的一年級生帶來重大影響。」

如果放著不管，說不定不會只有十或二十人退學就可以了事。

「南雲這麼做不是很合理嗎？那十七人只是因為沒價值才被毀掉而已吧。」

「違規的人就會被退學，那是當然。可是，把學生一個也不少地引導到畢業，應該才是理想的指導者吧。」

「那麼堀北學長大人，你是想說目前都沒有出現過任何人退學嗎？」

「這只是理想。至少現階段一年級中沒有出現退學者。追求那個理想也不是件壞事吧。」

「他這麼說耶，綾小路。你怎麼看？對這男人的理想。」

「就理想來說，是可以理解的。就算有人以此為志向也可以。不過，至少我可以斷言，我和龍園不是會追求那種理想的類型呢。」

「呵呵，就是這樣。」

現在要說有那種資格的，除了B班的一之瀨帆波之外，應該就別無他人了吧。

「我當然不打算奢望你做到那種地步。只要可以阻止南雲失控就可以了。」

說得簡單，但那種事情如果可以輕易辦到，堀北的哥哥也不會來拜託我了。

如果學生會有一定的實權，應該就會變得更無法阻止吧。

因為要避免不小心出現退學者，就只能盡力不讓一年級被考試內容或懲罰耍得團團轉。

「我要回去了。畢竟我還刻意被你變成了共享祕密的人。」

意思就是說，龍園對學生會的紛爭沒有興趣吧。

「這件事情相當有趣，但再聽下去也是浪費時間。那就這樣啦。」

他好像很滿意這場交涉，毫不猶豫就走往宿舍。

我對龍園的背影這麼說：

「你今後打算一直都一個人嗎？」

「別管我。這本來就比較合我的個性。」

龍園留下這些話，就與雪的足跡一同離去。

「綾小路。你讓龍園聽這些話，是為了拉他入夥嗎？」

「不是完全沒有這個意圖……但硬要說的話，比較大的目的是為了把我從他感興趣的對象中剔除。」

我的目的是對龍園彰顯自己確實不會參加一年級的班級鬥爭。

如果他感受得到我接下來要著手於學生會的對策，就可以降低他再次對我釋出敵意的可能性。

好戰且願意當他對手的坂柳，對龍園來說，他應該還比較能享受。

不過，那傢伙看起來已經沒打算和任何人認真交戰就是了。

「無論如何，今後你應該都會需要可以理解你的朋友。在這層意義上，和你交手過一戰的龍園說不定會是個很好的存在。」

「朋友呀……」

比起那種事情，我現在必須盡可能地蒐集資訊才行呢。

接觸堀北哥哥，就和接觸龍園一樣，不是我會想要頻繁去做的事情。我想要珍惜每一次的機會。

「我幾乎沒有關於高年級生的資訊。可以麻煩你提供嗎？」

「當然。我已經做好了那些準備。」

說完，堀北哥哥就拿出了手機。我把聯絡方式告訴他，他就馬上傳了訊息過來。我邊過目那些訊息，邊接受堀北哥哥的說明。

「我先告訴你，學生會成員裡除了南雲之外要先掌握的人物。一個是二年B班就任副會長，叫做『桐山』的男人。書記『溝脇』與另一名書記『殿河』，這兩名書記是從一開始就和南雲同甘共苦的前B班學生，是少數可以對南雲出主意的學生。然後，這是剩下的成員。」

他周到地以履歷表形式，把附上臉部照片的檔案傳了過來。

一眼就會知道誰隸屬什麼班級。

看見以副會長為始，還有數名目前不隸屬A班的學生在內，便可推知南雲的支配力有多麼高。

不論如何，這筆消息都很寶貴。接觸其他年級的學生並不容易。尤其若是在學生會長的周圍，我也無法隨意做出行動。

光是要蒐集現在得到的資訊，原本應該會需要相當久的一段時間才對。

「了解南雲行動或性格詳情的應該就只有同年級的人。雖說我在學生會上和他有聯繫，但我也並不了解南雲的一切。」

要擊潰南雲的話，更進一步的資訊原本會是不可或缺。像是性格如何、喜好怎樣的戰略。我必須掌握那些特性才行。

「要是關鍵的二年級生都被南雲掌握住，那樣好像也很困難。」

「沒錯……不過，現在二年級學生中，還是存在著把南雲看成敵人的學生。」

這說法感覺起來他心裡有底。

「名字是？」

「很遺憾，現階段我還無法告訴你。要是被南雲知道我和你有聯繫，就會無法保障那名學生的安危。」

「意思就是可能會被當作叛徒處分……有可能遭到退學嗎？」

「我還在校的話，說不定還可以保護對方，但我畢業後對方也就沒後盾了。」

我該在意的，是堀北哥哥為何要來跟我提這個話題。

「為了讓我和那名二年級生聯繫，你打算做些什麼？」

「如果你有那個意思，我想把你的名字當作一年級裡可以策動的學生告訴對方。」

我就在想應該是這樣。

既然對方不揭露真面目，就只好由我來自報姓名。

就算對方敵視南雲，也依然是二年級學生。考慮到明年以後的事情，我想盡量避免貿然地讓自己變得眾所皆知。

「就看你要怎麼做了。」

通常拒絕應該才是上策。不過，這只限於我沒被任何人看透自己能力的狀況。或只限於對方是我可以斷言不會洩密的學生。

然而，現狀我的事情已經洩漏給坂柳或龍園這些人知道了。

尤其坂柳是連White room的背景都知道的學生。

我越把這件事當作祕密守著，就越會變成是在賦予坂柳一種武器。在這裡拒絕提議，好像也沒什麼收穫。

「我知道了。把我跟二年級生說也無所謂。」

「你的判斷很果斷，不過也很正確。」

「接著就是看你說的話有沒有分量了。」

就算說有學生可以依靠，但對方看來，我也只是個一年級學生。對方應該會覺得不放心，想著依賴年紀小的人會不會有問題。

「對方要是不相信我說的話，就根本不可能拉下南雲了。」

「總之，就交給你了。」

「真難從剛認識你的時候想像到你現在的謙虛。」

「那是因為我欠你人情。」

當然，前提是我有乖乖順從堀北的哥哥採取行動。

身為一個以平穩日子為目標的人，我當然會想避免參與學生會。雖然說在堀北哥哥畢業為止的這段期間都要忍耐，但我也有覺得好奇的地方。

他認為自己畢業後，我還會規矩地遵守約定幫忙擊潰南雲嗎？

那怎麼可能呢。

「你知道我正在想什麼嗎？」

「你是在想我畢業之後的事情吧。」

了不起。

「想不到你會主動提起。雖然我覺得你先瞞著這個問題會比較好。」

「因為我看不出來你心裡在想什麼，覺得有點毛骨悚然。」

「就結果上來說，就算你只幫到我畢業為止也沒關係。在那之前在校生的意志都沒有改變的話，這間學校也就到此為止了。」

「那或許算不上問題喔。要是我不是南雲的對手呢？」

「我不會把重要的案件交給我認為做不到的人物。」

堀北的哥哥好像預計是我的話就可以阻止南雲。

或者，這就只是像鼓勵弱者激發潛能那樣，總之先誇讚我而已嗎？

無論如何，我都還看不見這個男人的內心。

「我會試著想辦法，但我不保證在你畢業前留下成果。」

「那種事情我很清楚。」

為什麼這個男人會來求我這個未知存在到如此地步呢？如果想守護高度育成高級中學的傳統，就應該依賴更有熱情的人。

就算他作為前學生會長以學校為傲，這也太異常了。

說起來，堀北哥哥就算發現南雲異常的特質，也依然在旁靜觀。

雖然他表現得是因為我出現的關係，但我對那點也有點掛心。

「我不覺得你會因為一份人情，就按照我所有的希望去行動。你從最初應該也是這麼打算才接受要拉下南雲的。不是嗎？」

堀北哥哥好像也確實地理解了這個部分。

「雖說是前學生會長，但你也有一定的權力……不，是影響力。我覺得先把你變成夥伴，也會有情況是可以利用你的。這是當然的吧？」

堀北的哥哥應該會貫徹公平的立場，不會直接的特別關照我吧。

不過，如果重點式地拜託他，既然我們背地裡有聯絡，許多狀況都能獲得幫助。只要在這所學校裡，就將會面對諸多風險吧。

那種時候，如果先建立好利害關係或夥伴關係，也會出現因此而得救的狀況。

「要依賴我是你的自由，但你如果過度期待的話，我可是會很傷腦筋。」

「我沒有那種打算。你只要可以在『最後的幫助』上派上用場就夠了。」

當然，雖然不需要那種「幫助」會是最好的。

總之，重要的是我是否擁有那種「幫助」。

「好吧。因為要拉下南雲不是輕易就辦得到的事情。」

我到堀北哥哥畢業為止都要奉陪很棘手的事情，但也得到了緊急時刻的王牌。

「順帶一提，我接著會慢慢定下對付南雲的方式。但在那之前，我有事情想先確認。就是你妹妹的事情。」

「要不要利用鈴音，都是你的自由。」

「不是那種事。我和堀北待在同一個班級裡生活了將近一年，我覺得那傢伙有一定的才能。你一直長期在一旁看著妹妹，卻沒有發覺嗎？」

「才能啊。你是以什麼來定義才能？課業的好壞？運動能力的有無？」

他好像已經發現了我在意的部分。

「我是指綜合上的意義。堀北有笨拙的一面，但總體來說能力很強。」

「她是個沒用的妹妹。總是只追尋我的影子，並把追尋那種事當作目標。」

「真膚淺。」他吐出了這種話。

不過他剛才的表達方式……

「莫非……那是『終點站』來說的問題？」

「要怎麼解釋就交給你了。這也不會因為這件事情就有什麼改變吧？」

「或許吧。」

但這下子，總覺得我就能知道為什麼堀北哥哥會對妹妹嚴格了。

「要是你妹說要進學生會，你會願意『幫忙』吧？」

「我會盡量協助。」

光是可以聽見這件事，雖然只有一點點，我也就可以看見攻略南雲的頭緒了。

「資料我就收下了。我也了解原委了，接下來你就慢慢等吧。」

「我就這麼做吧。因為今後我們的校園生活，也可以說是取決於你了呢。」

堀北的哥哥對我施加了過度的壓力，同時離開此地。

結束了與龍園和堀北哥哥這樣的交談，我就跟他們錯開時間暫且回了宿舍。

直到過了中午以前，我都在房間裡悠哉地待著。時而上網，時而看書打發時間。

下個行動就是對堀北發訊息了。

堀北哥哥的推薦上也有了保證，我現在可以向堀北打聽要不要加入學生會了。

堀北基本上都是單獨行動，她說不定就像我一樣窩在房間裡。總覺得她也很怕冷。如果是那樣，事情就好談了。

『我有事要說。』

我這麼開口寄出的訊息，在數分鐘後顯示了已讀。

『是可以，但可以電話上說嗎？還是你要當面說？』

『當面吧。可能的話，現在怎麼樣？』

『我現在在咖啡廳，你能過來的話，我就聽你說。』

與我自作主張的想像相反，那個堀北現在似乎正在外出中。

雖然總覺得有點麻煩，但早點了結麻煩事會比較好。

『我馬上過去。』

我只有這麼回覆，接著就把外套裹在身上。

我下樓抵達宿舍的大廳，就發現池、山內還有須藤三個人聚在一起。

他們似乎是搭電梯下來正在往外走的路上，沒有發現身後的我。

我也沒有特別搭話，就往同個方向邁步而出，接著聽見了他們的對話內容。

「什麼啊，健。結果你被堀北拒絕聖誕節約會了喔？」

「囉嗦耶，春樹。別管我。」

「到頭來，我們今年也是沒交到女朋友就結束了啊？真空虛耶。」

「呿。我要慢慢來。鈴音那傢伙不可能會有男朋友。不過該怎麼說，她只是還沒對戀愛表現出興趣。我接下來要不慌不忙地慢慢來。」

看來須藤對堀北展開了追求。

不過，好像卻是漂亮地全軍覆沒。

但他何止是放棄，好像還選擇了踏實追求。

「你還真專情耶——欸，寬治，今天要不要在卡拉ＯＫ唱通宵？我們來一個勁兒的高唱孤獨的聖誕曲吧。」

「咦，你、你是指什麼？」

「指什麼？我是在邀你今天去卡拉ＯＫ唱通宵。」

「哎呀，抱歉啊，春樹。我不能去。」

「啥？什麼啊，說不能去？你平安夜沒事情吧？戀人明明就只有右手。」

「……我也是有很多事情要做的啦。」

池明顯很動搖，但他卻不想回答無法參加卡拉ＯＫ的理由。

「喂，莫非，寬治……！」

須藤好像也察覺到氣氛的異樣而上前逼問。

「不、不是啦！」

他們明明就沒追問他什麼。池這麼說完，否認之後就說出了理由。

「我只是要和朋友吃頓飯……」

這麼說著的池撇開視線，說話很小聲。

就連在後面聽著的我，都知道那個「朋友」不是男的。

然後，上次的光景就閃過了我的腦海。

「是誰啊！你要和誰去玩！說啊！說啊！」

失去冷靜的山內邊揪著池的胸口，邊這麼吶喊。

「真、真的沒什麼大不了的啦……是、是篠原啦。」

「篠原……是說，那是我們班的……那個篠原？」

招供了的池輕輕點頭。

「為什麼是篠原啊？你老是在和那傢伙吵架吧。」

山內應該對須藤單純的疑問也頗有同感。這組合很讓人意外。

「就說只是去吃頓飯。我怎麼可能因為那種女人就滿足呢？上次發生了一點麻煩，我去幫她，她就說想答謝我啦！」

「不不不，我不管什麼答謝不答謝的，這可是平安夜喔，平安夜！」

「真的沒什麼啦！要我和那種人交往，就算是天崩地裂也不可能啦！」

「真難以置信！我們尾隨他們吧，健。尾隨尾隨！」

「你、你們真的別這樣啦！要是和篠原那種醜女傳了謠言，我可是會很傷腦筋的！」

雖然池這樣回答，但他看起來也不是完全無法接受。

池和篠原嗎？他們說不定意外地會變成一對很登對的情侶。

當然，變成那樣的可能性，現階段也只能說是未知數。

## 2

寒假，大部分學生每天都會光顧的櫸樹購物中心。

我的目的地很擁擠。由於八成以上的客人都是女生，所以我沒辦法馬上找到堀北。我在店裡張望徘徊，才總算找到了她的身影。

「我來了。」

「真快呢。」

我和堀北這麼交談完，就被另一個也在旁邊的人搭了話。

「早安，綾小路同學。」

我實在是碰到了讓人很意外的雙人組。

以前曾經發生過這種事情嗎？居然只有堀北和櫛田兩個人。我只會覺得還有第三人在場。我只移動了視線張望四周。

「沒有其他人在。」

堀北就像在特地回答我的視線似的淡然答覆。

可能的話，我甚至還覺得平田有摻一腳，但這應該也不可能。

「基本上我不打算打擾妳們……不過是誰主動約的呀？」

面對我這種詢問，櫛田溫柔地微笑。

「是我喲，是我約櫛田同學的。」

結果問題的答案不是以我所想的那樣解決。

不，這好像也不會不自然。不如說，堀北最近都積極地打算解決與櫛田的不合問題。這次聚會恐怕也是起因於那個部分吧。

如果對象只有堀北，櫛田的說話方式是不會客氣的，但若是在這種公共場合，她就必須戴上面具。堀北順利地把櫛田拖出來了呢。

「對了，堀北同學，妳最近和須藤同學怎麼樣呀？」

「所謂的怎麼樣是什麼意思？」

「我在想，你們聖誕節不一起過嗎？」

「怎麼可能一起過。」

堀北斬釘截鐵地說。

「是嗎？須藤同學沒有來約妳呀？」

「這件事情和現在這個場合沒有關聯吧？」

櫛田因為我登場而試著轉換氣氛，卻被堀北給阻止了。

態度原本就很強硬的堀北，把自己在考試上獲勝的優勢，和容易引人注目的咖啡廳這兩點當作武器，毫不留情地攻入了櫛田這個防守堅固的城。

「還有，綾小路同學。你打算呆站到什麼時候？如果有話要說，可以請你說出來嗎？」

就像是想說現在她正忙著和櫛田聊天。

事實上從堀北來看，這應該也是個很珍貴的場面。

「抱歉。我沒想到會有其他人在。下次再說。」

這場面上顯然不需要我，我決定離開。

然而，偏偏這個瞬間，反而是櫛田那方判斷我的存在發揮了作用。

「有什麼關係嘛，堀北同學。綾小路同學都難得過來了，也一起喝茶吧。」

她這麼說，來封住我掉頭走人。

但嚐到堀北沉默的壓力後，我的膽子沒大到敢若無其事地就坐。

「有機會再說。」

說完，我就匆匆忙忙決定退場。

「慢著。我就在這裡聽你說。」

「不，這是完全無關的話題。」

我不想被櫛田聽見多餘的事情，而試著這麼逃避。

最近我和很多人說了各種事情，但只有這次是說出了也全無好處。何止是這樣，還全都是壞處。

「難不成，那是你不想讓她聽見的話題？」

堀北銳利地指出這點。

「是這樣嗎，綾小路同學？」

櫛田帶著好像很悲傷的眼神看來我這邊。

當然，我不打算立刻否認。

然而，堀北就像要封住我這麼做似的從背後繞過來。

「抱歉，她也是班級的一分子。無謂的隱瞞是不需要的。」

「不是的。這和班級事務完全無關。只是我和堀北個人之間的問題。」

「這樣啊，既然這樣也沒什麼關係。這是跟我有關的事情吧？就在這裡說吧。」

「不了。」

「那你接著想說的話題，我也絕對不會在其他地方聽你說。」

看來堀北的意志好像相當堅定。

她覺得毫無隱瞞的暢談各種事情，才是改善與櫛田關係的第一步嗎？

櫛田的表情一如往常地洋溢著溫柔的感覺。

就算數度被誘拐到沼澤裡差點死掉，但要是看見那張笑容，也依然會想相信這次一定沒問題吧。

說不定我可以在這場面上捏造隨便的理由讓她接受。

不過，我不覺得加強戒心的堀北，日後會接受我現在要說出的提議。

「我知道了。那我就老實說了。可以吧？」

「嗯，你說吧。」

「妳不打算進學生會嗎？」

後悔也來不及了。我不知道堀北會怎麼理解。我把事情如實告訴她。

「……抱歉，我的理解好像有點跟不上呢。」

她心想我怎麼會說出這種話而歪了歪頭。

「這也太沒頭沒尾了吧。你怎麼會說出這種話呢？」

「我就是也考慮到那部分才想和妳談談。」

「好，你繼續說。」

「那個，沒關係嗎？堀北同學？」

插話的人是櫛田。

「沒關係是指？」

「說到學生會，我覺得這個話題也會和堀北同學的哥哥有關。那種事情讓我聽見了也沒關係嗎？」

「你從國中時期就認識我和我哥哥。事到如今也沒差。」

堀北會把哥哥當作證人，也和櫛田知道他們是兄妹的這件事情有關。意思就是說，既然無法隱瞞，就要有效運用吧。

這也不是馬上就會結束的那種話題。我做好覺悟，就在兩人旁邊的座位坐了下來。

「某人熱切地希望妳進入學生會。」

「某人？」

「……就是你哥。」

嚴格來說，我當然不是受到堀北哥哥的拜託。他只對我說要不要利用堀北都隨我。不過，要策動堀北就只能利用她哥哥。

「為什麼哥哥會叫我進學生會呢？這是不可能的。」

堀北有點不服氣，但還是予以否定。

「這是真的。」

「如果這是真的，哥哥應該會直接跟我說。為什麼還要透過你呢？」

「妳覺得妳那個哥哥會直接跟妳說嗎？」

「不覺得。說起來他根本就不可能會說出什麼要我進入學生會。」

總之，意思就是堀北從一開始就不相信我說的話。

他們兄妹關係僵成這樣，她好像也只能把這理解成謊言。

話雖如此，要繼續談包含真相在內的深入話題，櫛田的存在就會很多餘。進入第三學期，她就會知道龍園失去地位，說不定也會確定我在暗中行動。

那麼一來，麻煩的事情就會增加更多。就算早晚都會變成那樣，但完全沒必要就是現在。

「我不打算奉陪你的謊言。你到底想說什麼？」

「這是真的。如果妳覺得我在騙人，直接去確認一下不就好了？」

我把我說出的謊言變成真實。

「你還真是強硬呢……」

「什麼強硬不強硬，妳不是在懷疑嗎？那妳去聯絡不就好了。」

「那麼，你……那個，知道我哥哥的聯絡方式嗎？」

「我是不知道啦，可是妳是他妹妹，知道不是理所當然嗎？」

「我不知道啦。」

「如果可以的話，要不要我去聯絡看看橘學姊呢？」

「橘是擔任哥哥書記的人嗎？」

「嗯。我和橘學姊說過好幾次話，有問過她的聯絡方式。」

真不愧是櫛田。她好像在意想不到的地方也交了朋友。

「我真的可以做確認對吧，綾小路同學。如果這是在騙人的話，你的責任會很沉重喔。」

「隨妳高興。」

反正堀北哥如果知道我的策略，也會願意串通。堀北要確認的事情，一切都會被塗抹成真

的。

「謝謝妳，學姊。好的，我先掛了。」

直接撥電話的櫛田結束通話後，馬上就操作手機。隨後，堀北的手機就響了短短的鈴聲。看來她順利問完堀北哥哥的電話號碼並傳給了堀北。

「謝謝妳，櫛田同學。」

「不會，不客氣。」

雖說這裡有旁人在看著，但要對堀北表現出溫柔的應對大概也很辛苦吧。真不愧是櫛田，她完全沒表現出那些情緒。堀北的視線落在手機畫面上。

我以為她會接著立刻撥電話，但她的手沒有動作，就這麼雙手緊握著手機。

「……呼——」

她深深嘆息，不對，是深呼吸。

只是要打電話給家人，通常不會這麼緊張吧。

「如果一切都是謊言……我就要請你做好覺悟了。」

「妳用不著提醒我。」

這是堀北的商討策略。

自己的哥哥不可能會叫她進去學生會。但她很在意我的態度中充滿著自信。儘管認為我是在虛張聲勢，她也覺得說不定會是真的。如果可以不直接打給哥哥就確認完會是最好的，但那也是不可能的事情。

無法完全相信我的堀北下定了決心，按下了通話按鈕。

她把電話貼著耳朵數秒。

對方好像接起了電話，感覺得出來堀北變得更加緊張了。

「那、那個！是、是我。堀北鈴音。」

堀北開場的方式很客套。

「我和橘學姊問了你的聯絡方式，那個，所以才聯絡了哥哥。」

接著，堀北對我們表現出平常無法看見的語無倫次模樣（雖然她本人大概也不想這麼表現），同時問出了必要的資訊。

然後，她大概聽說了我提出加入學生會的事情是真的。

「好的。謝、謝謝你。我先掛了。」

結束通話後，她歇了口氣，接著就強烈地怒瞪我。

「應該是真的吧？為什麼我就非得被妳瞪？」

「你怎麼會是中間人，這件事很令人費解。」

這件事情實在很容易理解。確實任何人來看都會覺得很不自然吧。

「堀北同學，妳會加入學生會嗎？」

「……不，我不會加入。」

「等一下。妳哥不是說要妳進去嗎？」

「他說加入會對我有幫助。可是……我不認為加入學生會對我有幫助。」

就算是哥哥這個絕對的存在的願望，堀北好像也不打算接受。

繼續在這場面上堅持，應該也沒有好事吧。

我想先差不多在這邊停止給櫛田多餘的資訊。

「我知道了。總之，下次再找機會談談吧。」

「不知道耶。我覺得會是在浪費時間。」

「或許吧。」

堀北好像也察覺到我表現出要結束談話的氛圍，而沒有做出挽留我的舉動。現在重要的是連結到下一步。

而且櫛田在場，我們也無法繼續深聊。

「回頭見嘍，綾小路同學。」

我在這麼溫柔搭話的櫛田身上感受到一股非比尋常的氛圍。

## 3

時間過了晚上十點。

平安夜一分一秒地流逝。

我沒有和男性朋友吵吵鬧鬧，而是自己一個人看著電視。

電視實況轉播了東京街景，傳來了聖誕節的氣氛。就算我試著切換頻道，果然也全是有關於聖誕節的節目。例如像是送給女性的禮物排名（感覺時間點上有點晚就是了），也有小朋友會高興的聖誕節禮物排名（感覺時間點上果然有點晚），但我找不到覺得特別有趣的節目。

我不看電視，打開了電腦的電源。

我想看些聖誕節以外的資訊，所以就隨便過目登在上面的新聞。像是事故或事件、國外運動選手的好消息等等，內容各式各樣。雖說是聖誕節，但一天就是一天，時間還是一樣在流逝。

房間的門鈴響了。聲音不是來自大廳，而是玄關那方。

「來了。」

我邊走向玄關邊答覆，然後弄清了訪客的真面目。

「晚、晚晚、晚安。」

是我聽得很習慣的同學的聲音。

我解除玄關的門鎖，打開了大門。

「清、清隆同學！」

「怎麼啦，愛里？這麼晚了。」

時間已經過了晚上十點，不過從她的打扮看來，她好像是剛才才回來的。

「妳玩到現在呀？不過，我記得不是明天才集合嗎？」

「嗯！今天和明天的不一樣。我從中午開始就和小波瑠加兩個人在外面玩。」

「這樣啊。」

如果是中午之前就會合的話，幾乎就是半天了吧。

「好玩嗎？」

「雖然有點累，不過很開心喲。」

「那就太好了。」

我大概已經不需要每次都擔心愛里了。至少在我們這團裡，這種狀態會一直持續下去。她明天應該也會過得很開心。

「我聽小波瑠加說清隆同學明天有事，沒辦法過來……」

這樣啊。話說回來，我確實有和波瑠加說過那些事情呢。

她說會先巧妙安排，或許也和今天出去玩有關聯吧。

「我有點安排。抱歉，沒辦法參加。」

「不會，完全沒關係！那個呀，其實我原本是打算明天再給你的！」

說完，愛里就對我伸出雙手。

她遞來了一個簡約卻綁著可愛紅緞帶的包裹。

「這個……如果不嫌棄的話！」

看來她替我準備了聖誕節禮物。

「我可以收下嗎？」

「嗯！那、那個、畢竟我也有替其他人準備！」

這樣我也比較好收下。我就感激地收下來吧。

我收下她遞來的禮物。

這種時候，我該怎麼做才好呢？

是當場確認內容比較好，還是等愛里回去後再確認會比較好？

當我正在煩惱該怎麼做才好的時候，愛里就害臊地說：

「可、可以打開來看看喲。」

因為愛里這麼說，所以我就決定不客套地順著她的話。我打開偏小的袋子，從裡面拿出來的是一雙感覺很溫暖的手套。

「清隆同學，因為你不久前好像很想要手套……你現在還沒有吧？」

「原本想要買，結果沒買。謝謝妳，愛里。」

「嘿嘿嘿……太好了。」

這是我不知不覺就拖著沒買的物品——簡約的藍手套。這比隨便弄上插畫或花紋的還容易使用多了。

我趕緊試戴看看。這是我人生第一雙手套，但這個部分我沒有告訴她。

我戴上左手，也戴上右手。試著反覆握拳、張手兩三次。愛里開心地看著我這副模樣。

「怎、怎麼樣呢？」

「尺寸剛好，而且也很溫暖。」

「太好了！」

我從來沒有說過喜好的話題，不過就算是我自己去買，這也是我可能會挑的手套。

「那麼，那個，抱歉這麼晚打擾你。晚安，清隆同學。」

愛里大概覺得待太久不好，她說完就轉身離開了。對我來說，就算請她喝杯茶也沒關係，但

畢竟現在時間也已經晚了。

況且，在二十四日平安夜把女生帶進房裡也會有諸多問題吧。我就這樣目送往電梯走的愛里，不曉得她有沒有察覺到我的視線，愛里這時把頭轉了過來。

然後輕輕招手，就搭上電梯回去了上面的樓層。

我確認完就回了房間。

「……回禮要在什麼時候給才好呢？」

情人節的回禮時機是白色情人節，這種事情再怎麼說我都知道，但聖誕節的回禮要什麼時候給呢？

之後先來調查一下好了。

# 曲折的雙重約會

聖誕節——二十五日的早晨到來了。

對至今為止的我來說，這是沒什麼特別的一天，不過今天卻不是這樣。

這是我人生初次將和異性共度的聖誕節。

對佐藤來說，她會覺得這是怎樣的一天呢？

我們都不了解對方。

在這種意義上，真希望今天可以變成美好的一天。

「……隱約有種不可思議的感覺。」

我目前為止都沒有正式做過可以稱作一對一約會的行為。

所以，與其說是坐立難安，不如說是有些狀況我還不了解。

就是因為我是這種情況，所以今天的約會應該也可以說是有很大的意義。

不過會成功還是失敗，那部分目前很不明朗。

「順其自然嗎？」

反正就算思考也不會得出答案。

我出了房間，搭電梯下樓前往宿舍大廳。

我記得應該是要看今天上映的電影吧……

天氣很不巧的是陰天，天空可能整天都會蓋著厚厚的雲層。

約定的時間是十一點三十分，不過我就先早點到吧。

## 1

抵達會合地點後，我確認了時間。

還有十分鐘左右就是約定時間了嗎？

我這麼想並抬起頭，結果就發現佐藤正在往這裡走過來。她好像正在找我，看起來好像有點焦急地張望著四周。

不久，佐藤和我四目交接後，就開心地瞇起眼睛。

「早安，綾小路同學！」

她說完，就小跑步靠了過來。

停下腳步後，佐藤身上的適中香氣便撲鼻而來。

「妳來得真早。」

「綾小路同學，你也是……難不成，你是那種會提前很早到的那種人？」

「我才剛到。」

雖然是很老套的台詞，但因為是事實，我就這麼告訴了她。

「真的？」

我有點被搶話般來追究的佐藤鎮住，但還是點了點頭。

離預定時間還有幾分鐘，不過提前行動應該也不會有問題吧。

我以為佐藤會馬上移動，不知怎麼的卻再次張望起四周。

她沒有要動作的跡象，所以我就叫了她。

「妳不走嗎？」

「對、對耶。啊，等我一下。」

她把手伸進提著的包包裡開始找起了什麼。

「難道我忘記了嗎……」

她用我聽得見的音量這麼嘟噥。

「忘了東西？」

「啊，沒有，我是在想有沒有帶到手機。」

我看向她搖搖晃晃的包包，裡面稍微露出了包著包裝紙的細長盒子，但我覺得目不轉睛盯著看也不太好，於是就撇開了視線。

「我可以打過去。」

「嗯，謝謝。你真溫柔，綾小路同學。」

幫忙她找手機，再說只是打電話這點小事，根本就算不上是溫柔。

就算是別人也一定同樣會說要幫忙吧。

「我記得早上——」

正當佐藤說出這種好像有點生硬的台詞……

「有、有了有了。」

不久，我就聽到佐藤開朗的好消息。

佐藤回過頭，就拿著手機笑了出來。

「久等了，走吧。」

佐藤把手機重新收回口袋——

「早安，綾小路同學。」

隨後，就有人從我身後叫了我。

我轉過頭，發現站在那裡的人是平田洋介。他依舊是個爽朗的好青年。

「早安。」我也輕輕舉手答道。

順帶一提，平田隔壁也出現了戀人輕井澤的身影。

看來聖誕節這天，他們兩個也安排要出門約會。我知道他們兩個的關係是假的，不過這大概是為了讓周圍認知是真的才做出的行動。若是這樣，這應該馬上就會見效了吧。

「早安，輕井澤同學。」

佐藤搭了話，往輕井澤跑了過去。

「早安。」

面對那樣的佐藤，輕井澤也自然地露出笑容聊起天來。

「這組合有點稀奇呢。」

看見我和佐藤，也難怪平田會說出那種話。

「你們在約會嗎？」

就算是形式上也好，先這麼問應該都會比較好吧。

「嗯。為了『緊急』時刻，我在聖誕節期間也沒有特別安排事情。幸好，我也沒有被其他人約。」

為了保證萬無一失，平田好像為了假戀人輕井澤空出了時間。

平田把自己放在其次，總是為了周圍的人注意著自己的行動。

就算我想見習，也不容易辦到。

「雖然感覺你可能會被朋友們邀約就是了呢。音訊全無嗎？」

不只是同年級生，就算被足球社之類的學長邀約也不奇怪。

「不知道耶。應該是替我著想才作罷吧。」

平田說完，就用溫暖的眼神看著輕井澤那邊。

原來如此。平田和輕井澤被周圍看成是對理想的情侶。也就是說，面對他有女朋友，朋友應該都不會做出在聖誕節前後約他的不識趣行為。

這好像就是平田和輕井澤有確實作為情侶發揮作用的證據。

然而，在假情侶的情況成立的期間，會很難和其他女孩子變得親近。沒辦法無拘無束地與異性拉近距離，感覺有點可憐。就算有了在意的對象，但畢竟他是平田，大概不會做出那種了結輕井澤請求的舉止。

應該就是因為有這種信任感，輕井澤也才比較好挑上平田當作宿主。

「輕井澤同學原本就和班上的女生處得很好，但我不知道她和佐藤同學有好成那樣耶。」

平田帶著掛念妹妹或女兒的家人眼神看著兩人，同時這麼嘟噥道。

「她們給人有種就算是假日也常玩在一起的那種印象。不是嗎？」

「至少我覺得沒有好到像是假日會一起玩。」

「這樣啊。」

「你為什麼會覺得不稀奇呢？」

「不，我只是隱約覺得。」

總之，繼續打擾平田或輕井澤也沒用。

我在手機上確認時間。

時間已經十一點四十分了，逐漸接近電影上演時間。

我就帶著佐藤去電影院吧。

雖然我這麼想，但佐藤和輕井澤好像開心地聊得很忘我。

她們兩個的對話很小聲，我完全聽不見內容。

即使就這樣等待下去，好像也完全不見她們要聊完的跡象。

當我在猶豫該怎麼做才好的時候，就和平田對上了眼神。

他好像光是這樣，就體察到我在想的事情。

判斷久留會打擾人的平田叫了輕井澤。

「這樣下去打擾到他們是不是不太好呢？輕井澤同學，我們走吧。」

他用平時的溫柔語氣巧妙地插話，結束了兩人的對話。

輕井澤和佐藤彷彿被拉回現實似的靠了過來。

「對了，你們兩個是從什麼時候開始交往的呀？」

輕井澤忽然拋來這種疑問。

不，這在某種意義上，或許是劈頭就提出也不奇怪的自然疑問。

「咦咦！我、我們沒有在交往喲！是、是吧，綾小路同學！」

面對佐藤著急的眼神，我也輕輕地點頭回應。

然而，輕井澤卻露出露骨的懷疑眼光。

「咦——？可是你們打算在聖誕節約會，再怎麼看都像是有在一起吧？平田同學，你也這麼覺得，對吧？」

「是……呀，但他們兩個都否認的話應該就不是了吧，但說不定在別人眼裡看起來會像是在交往呢。」

「那是，那個……我只是邀綾小路同學出去玩啦……」

佐藤忸忸怩怩的，再次把視線往我看來。

「啊，綾小路同學，這樣好嗎？聖誕節和我這種人玩。」

「討厭的話，就會拒絕了。」

「……嘿嘿嘿。」

佐藤害臊地搔搔臉頰。

「哦——……意思就是還可以呀？也就是說綾小路同學你很在意佐藤同學？」

「別、別這樣啦，輕井澤同學～」

滿臉通紅的佐藤上下揮手，往自己臉上搧風。

輕井澤卻直接繼續說下去：

「這樣你們要不要乾脆現在就在一起呀？這樣也會變成是情侶約會。」

「輕井澤同學，我覺這件事再怎麼說都不該由我們來講喲。」

平田看見我們很傷腦筋，就委婉地制止了輕井澤。

「抱歉抱歉，或許是我太雞婆了。抱歉呀，佐藤同學。」

「不會，我完全不介意。」

「欸，洋介同學。我也很在意他們兩個人，不然就乾脆來辦個雙重約會，這樣不是很有趣嗎？」

輕井澤不知為何說出了那種話。

「雙重約會？」

我和平田因為意想不到的提議一度彼此互望。

「對對。我跟平田同學，還有佐藤同學跟綾小路同學四個人約會。這感覺不是很有意思嗎？

我覺得偶爾四個人約會也不錯呢。」

老早就商量好的話就另當別論了。在當天，而且還是在這個階段才提議雙重約會，一定都會覺得很傷腦筋。原本定下的一日計畫，也會大幅變更並且瓦解。要互相配合計畫也並不容易。

從平田的表情，很容易就看得出他心裡浮現了和我一樣的擔憂。

另一方面，佐藤對這種突然的提案則完全沒有露出驚訝的表情。

「應該很困難吧？我覺得他們兩個也有其他安排。」

平田委婉地告訴她，讓她了解那件事實，輕井澤卻沒有受到平田的影響。

「佐藤同學，妳剛才也說過好像很有意思，對吧——」

「嗯！好像很有意思！」

看來有關雙重約會的事情，剛才她們兩個聊了很久。

但不論是誰提出這項提議，這都有點硬來。

「下次再說，怎麼樣？我覺得我們今天應該各自過節。要雙重約會的話，就應該訂下適合的計畫，也才比較不會發生問題喲。」

與其說平田補充了理所當然的顧慮，倒不如說是補充了理所當然的憂慮。

「說不定是這樣啦，但不是也會有不知道接下來會發生什麼事情的樂趣嗎？」

輕井澤好像已經對雙重約會很感興趣了，她興致高昂地回答。

我們對缺乏計畫性感到憂慮，但輕井澤和我們不一樣，她似乎在未知的發展中找出了樂趣。正因為和平田的約會是形式上的行動，所以她才會尋求刺激嗎？如果這個事件是發生在和我無關的地方，我想我就會坦然接受，但這次究竟又會怎麼樣呢？輕井澤和我這個了解她一切的人一起行動，能否享受接下來不透明的狀況，我心裡有著很大的疑問。

話雖如此，但除此之外，我也找不到她提議雙重約會的理由。

「這姑且也算是聖誕節呢。」

平田覺得會變成我們的電燈泡，所以就露出了傷腦筋的表情。

輕井澤看見那張表情，就直接來問他ＹＥＳ或ＮＯ。

「也就是說，洋介同學你反對嗎？」

「我自己是沒關係啦。應該要看佐藤同學和綾小路同學吧。」

平田不清楚我們意下如何，也只能這麼回答吧。

得到平田許可的輕井澤，對佐藤表示：「難道說這會對你們造成困擾嗎？」

重要的佐藤會怎麼理解雙重約會這件事呢？

「雖然很突然，但……我想試試看。」

這發展真的是滿突然的。然而，佐藤卻接受這個狀況而且還答應了她。雖然我也有想過，是不是因為輕井澤位在Ｄ班的校園階級裡的最高位置，佐藤才沒辦法反駁她的提議，但好像也並非如此。

「綾小路同學，你覺得怎麼樣？」

接力棒從平田傳到輕井澤手上，從輕井澤傳到佐藤手上，再從佐藤手上傳來我這裡。

我不能不小心弄掉。必須謹慎地接下。

「我想想……」

我沒立刻回答，並做了思考。

光是和女生單獨出去玩，各方面都已經讓我焦頭爛額了，居然還要辦雙重約會。

對於不習慣這種狀況的新手來說，這是個負擔很沉重的追加事件。

然而，要說出「我不喜歡雙重約會所以別這麼做」，難度也滿高的。

在周圍都贊同的狀況下，一個人唱反調是件超難的事。

如果今日的主角佐藤都欣然接受了，我應該就不會否定了吧。

順著輕井澤說的「不知道會發生什麼事情的樂趣」也好。

不過，我還是有些地方很在意。

說起來我們接著是要去看電影，突然要雙重約會的話，會有可能達成嗎？

我心裡有這種理所當然的疑問。

就算匆忙確保座位，也幾乎不可能排在一起看。

或者，連這個都算是其中一種「樂趣」嗎？

雖然無法否認這樣遠離了原本「約會」的目的，但如果從其他角度來看，雙重約會好像也不全然是件壞事。如果和佐藤獨處，也可以預想有時對話會中斷，或是籠罩尷尬的氣氛。但要是平田和輕井澤在場，他們會巧妙地替我們延續對話。況且，雖然波瑠加說會把愛里帶著到處走，讓她不要遇見我們，但還是可能會發生不測的事態。

到時，比起被看見我和佐藤單獨出遊的模樣，四個人一起行動看起來應該會比較自然吧。反正現在的氣氛我也無法拒絕，我就該先這麼想吧。

「如果你們三個都ＯＫ，那我也不會特別和你們爭論。」

我也不能讓他們等太久，於是就說出「ＹＥＳ」這個答案。後來輕井澤馬上就展開了行動。

「那就這樣決定嘍。你們兩個接下來安排要去哪裡？」

輕井澤很乾脆地就決定要辦雙重約會，她像在努力引領大家般開始進行安排。

面對她這副模樣，佐藤鬆口氣似的散發出從容感。

或許佐藤也很緊張，對獨處很不安。

我就期待這突發事件會成功吧。

「呃，我和綾小路同學接下來安排要去看電影。」

佐藤邊看手機邊說出我們的約會行程，和輕井澤做了商量。

「今天上映的電影嗎？這樣或許超幸運的耶，我們也安排要去看電影喲。唔哇，連播映的時間都一樣。好厲害好厲害！」

兩人因為意想不到的巧合興致高漲。

該說佐藤的表情有點僵硬，或者是生硬呢？我對這點感到很好奇。

「真巧耶，綾小路同學。」

「好像是吧。」

同一時間去看同一場電影，對平田來說好像也算是個驚奇。

就算電影是第一天上映，時間漂亮地重疊成這樣，也真的是件很幸運的事。

「就算要一起去，但若是電影的話，座位會怎麼樣呢？應該不能變更吧？」

我試著問他們兩個人座位在哪裡。

巧合會不會繼續疊加下去呢？

「是呀。呃……」

輕井澤操作手機進行確認。

「怎麼樣，輕井澤同學？」

佐藤探頭窺伺輕井澤的手機，互相確認自己的座位位子。

「座位……是分散的嗎？算了，那也沒辦法吧——」

輕井澤把座位拿給平田看。我們彼此的位子完全不一樣。

看來巧合好像不會持續這麼多次，座位位子完全分散開來。

「那麼我們走吧，綾小路同學！」

見面時感覺態度冷淡、表情緊張的佐藤，好像因為和輕井澤他們會合，而恢復了平時的狀態。她來黏著我，和我肩並肩邁步而出。

「……好近。」

我不禁以任何人都聽不見的微弱音量這麼喃喃自語。

要辦雙重約會的我們，四個人一起走向電影院。

我們以四個人並排的形式一起走在購物中心裡。最旁邊的是我，再來是佐藤，隔壁是輕井澤，最遠的則是平田。

「哦……總覺得你們兩個還滿有模有樣的耶。」

輕井澤看見我們貼在一起走路，而這麼嘟噥道。

「是、是嗎？」

「不管再怎麼看，你們都像是甜蜜共度聖誕節的情侶吧。」

「嘿嘿嘿，總覺得很難為情耶，綾小路同學。她說我們像一對情侶呢。」

「……是啊。」

我好像無法否認這看起來像是那種狀況。

算了，既然在聖誕節約會，或多或少的閒言閒語都無可奈何。

「但你們兩個真的沒在交往嗎？該不會其實有在一起之類的～」

「不不、不是啦。完全沒有！我們還不是那種關係啦！」

「真的嗎～？如果在隱瞞的話，最好趁現在說出來喔。」

與其說是出於興趣，不如說她很明顯是來鬧我們的。

不過，我看不出佐藤的樣子有打從心底覺得討厭或傷腦筋。

硬要說的話，她好像很高興輕井澤開的這種玩笑。

該說那副模樣讓我覺得很不可思議嗎？我的理解有點跟不上，不由得感到混亂。

然而，透過把狀況換到自己身上，我就發現自己有了一定的理解。

例如說，我和學校裡偶像般的女生因為弄錯了什麼而在約會，如果被目擊到那種情況的朋友開玩笑說「那是你女朋友嗎？」，即使是誤會，我在有點害羞的同時，也會隱約覺得自己得到優越感般的東西。

不過，這種情形是在自豪對方擁有「學校的偶像」這種明顯的身分，佐藤是否在我身上感受到這種東西，我有很強烈的疑問。

「我記得佐藤同學還沒交男朋友，對吧？」

「呃，嗯。」

輕井澤沒有結束頑強的攻勢，接二連三地拋來話題。

我大概一半的內容都是隨便聽聽，決定思考要如何平安熬過意料之外的雙重約會。

雖然接下來還是有暫時持續了一段邊回答輕井澤的疑問，邊敷衍她的時光……

「我們會自己找樂子，你們兩個別在意我們喲。」

不久，輕井澤這麼說完，就把臉面向了平田那邊。

恣意說完後，就放任我們聊天了嗎？

雖然我隱約可以預測到輕井澤的目的，但我還是有許多不清楚的部分。

總之，接下來的雙重約會主要是團體行動，但基本上好像還是要交給我們兩個自己聊。

雖然我對那些規則，或說是定義還不太了解，但我就還是先別在意吧。

接下來才是問題。我不知道要和佐藤聊什麼才算是正確答案。

我對身為同學的佐藤幾乎一無所知。

我在時間不多的狀況下也曾為了獲得資訊行動過，可是我幾乎得不到線索。

因為屋頂事件還有放寒假的關係，我也沒有機會能夠接觸佐藤。

如果距離約會還有緩衝時間，我就可以有好一點的狀態了吧。

不過，佐藤應該也一樣都在摸索狀態。她大概也很緊張吧。

當然，我直到前一天都有試著思考一些即興的問題。

例如問她喜歡吃什麼，或者興趣之類的老套問題。

但一旦時候到了，還真是難問出口耶。

說不定是我不想被她覺得——唔哇，這傢伙就跟網路上寫的指南一模一樣。

當我正在煩惱著話題的時候，輕井澤好像發現了我們這邊的沉默，有一瞬間面向了我們。

我們的視線只交錯了不到一秒鐘。

『你還真是安分耶。要扮演一個安分的角色也很辛苦嘛。』

『我不是在演戲。我單純是不知道要怎麼帶話題。』

我們只憑眼神就有了這種對答。

當然，輕井澤的話是我自作主張的想像。

如果我一直不主動說話……

「佐藤同學，綾小路同學應該是不知道要聊什麼吧？」

輕井澤打破沉默似的射來了一箭。

看來我的想像幾乎全都猜中了。

以此為契機，佐藤露出了驚訝的表情，開始打開話匣子。

「那個呀，綾小路同學喜歡偶像之類的嗎？」

佐藤好像也想了各種話題。她來這樣問我。拋來偏高的球，球輕飄飄地飛來我容易接住的位置。

「老實說，我對偶像不太了解耶……沒有特別喜歡或討厭。佐藤，妳喜歡嗎？」

「我還滿喜歡的耶。雖然我也很喜歡帥氣的偶像，但現在的潮流應該是女子偶像團體吧。喏，你沒聽說過嗎？就是有五十個人左右的——」

「嗯，我接連幾天都有在電視上看見呢。妳是說跳著新穎歌舞的那個團體吧？」

「沒錯沒錯。我非常喜歡她們。歌曲多半都很不錯呢。」

「哦……」

我被不斷進攻的佐藤給鎮住，但還是點了點頭。

「我特別推薦出道歌曲。你聽聽看吧。我下次借你ＣＤ。」

「謝謝。」

我這麼答完，就發現自己回錯了話。

對話的間隔自然而然就空了出來。

如果只是在附和或答覆，就會變成是單方面地讓她做球。

是我這邊接下那顆球，丟回去的人當然必須是我。

「你都聽什麼歌？」

這時，不知道佐藤懂不懂我的這種煩惱，她再次把球丟了過來。

這次我就將她再度投來名為話題的球好好丟回去吧。

聽什麼歌？——這其實是既單純又好答的話題。

我是這麼想的，但我還是把快要從喉嚨裡冒出的曲名縮了回去。

假如我老實地暴露出我的興趣，那會變得怎麼樣呢？

如果我在這裡說出貝多芬或莫札特的話，就一定會出局。話雖如此，回答都聽療癒音樂，其中特別是下雨聲或鳥叫聲也會是個失誤。

總之，我都應該無視我的興趣如何的這個問題。

她希望的答案會是著名的音樂人，或是偶像系——換句話說，就是時下的曲子吧。我必須想辦法對佐藤期待的眼神回答些什麼。

「……今年不是有部很流行的電影嗎，動畫的。」

「啊，嗯嗯。那部戀愛電影對吧，我當時超感動的呢——」

「例如像是唱那部電影主題曲的團體，大概就是那些了吧。我最近在聽的。」

我不記得團名，但有聽過幾次曲子。我把這當作線索推進話題。

「啊～！我懂！我超懂！我也超喜歡的！」

看來我好像順利地把球丟了回去，佐藤高舉雙手似的接住了球。

不過，如果這個話題繼續深聊下去，我就會露出破綻。

我得好好克服這個難關才行呢。

「妳懂得真多。」

「是嗎？雖然我覺得我大概算是普通。」

看來女生這種生物，好像比我想像中還了解這方面的狀況。我聽說從原始時代開始的男女職責分配也深深滲透到了現代社會，說不定真的就是那樣吧。因為女性在溝通能力上好像有特別受到鍛鍊。

「你現在沒有在玩社團吧？你之前有參加過田徑社之類的嗎？」

話題變成了社團。為什麼會變成這種話題是很好理解的。應該和我在體育祭上參加大隊接力有關係吧。

「不，我沒參加過社團。」

「是喔！但你跑得那麼快，這樣不是很厲害嗎！因為你比那位學生會長還要快耶！」

我說出自己是萬年回家社，佐藤不知為何就激動地興奮著。佐藤這種吵鬧模樣似乎很引人注目，輕井澤因而斜眼吐嘈了一句。

「不會只是因為學生會長跑得慢嗎？會不會只是妳自作主張深信他腳程很快，其實那只是兩個腳程慢的人的比賽呢？」

「那再怎麼說都不可能喲，輕井澤同學。他們兩個人都非常快喲。」

「哦——一時之間真教人難以相信。他好像也很不會打架。再說，該說綾小路同學意外地感覺很冷淡嗎？感覺是重要的人感冒臥床不起，連探望都不會過來的那種類型～」

她順著毫無關聯的話題找架吵，滿嘴都是挖苦。

然後，我才明白她今天攻擊我的主要原因就在那裡。

輕井澤在屋頂上被龍園反覆弄冷身體，身體狀況有可能會出問題。她好像在埋怨我沒有擔心她。說不定雙重約會的提議，是她打算藉由妨礙我的行動來解悶。

「我倒不覺得他是那種人耶。我覺得綾小路同學一定很溫柔。」

「咦——？是嗎——？」

「我也覺得綾小路同學是個很溫柔的人喔。」

「唔哇，感覺就只有我是壞人。」

儘管輕井澤不滿似的這麼說，但她身為對話的核心人物，總是很引人注目。

她一邊捉弄我，一邊讓佐藤替這種狀況圓場。這種感覺傳達了過來。

而我也知道那種過程為的是讓我和佐藤變成情侶。

「那、那個呀，那個，這個……」

等我不經意發現的時候，佐藤就失去了笑容。

我以為是她厭倦我沒拋話題，但好像不是這樣。

看起來是想說什麼，卻又說不出口。

我暫時靜靜觀察佐藤的態度，但她沒有繼續說下去。

「那、那個呀，你就沒有事想問我嗎？」

她這麼說，把對話的主導權讓給了我。

從剛才到現在，話題的中心確實全都是我。

我現在也應該要對佐藤說點什麼吧。

「進到這間學校後，不是不能和外界聯絡嗎？妳有因此傷腦筋過嗎？」

我試著做出這種奇怪的提問，佐藤就認真地陷入沉思。

「我想想……總覺得是有許多困擾的地方……」

思考到最後，佐藤說出了其中感覺最傷腦筋的事情。

「我國中時養了貓。我想現在應該是我媽媽在幫忙照顧牠，但最難受的或許就是會想見到貓了呢。」

會和家人拉開距離——這的確是很普通的回答也說不定。

畢竟見不到自己疼愛的寵物，心境應該就像是父母不被允許見到自己的孩子吧。

「三年期間都見不到，好像的確很難受呢。」

「綾小路同學，你沒有養寵物嗎？」

「嗯。雖然有興趣養狗，可是父母不允許。」

因為有興趣是事實，所以我就先這麼回答了。

「這樣呀。說到狗，我上次在用地裡看見小狗耶。」

佐藤說了這種話。

「咦，是喔？」

主動說他們會自己找樂子所以別在意他們的輕井澤，不知為何又再次參與了佐藤的對話。看來她有好好在聽內容。

「嗯。而且感覺像是寵物狗呢，真是可愛呀——」

「學生應該不能養，所以大概是某個大人在養的吧。工作人員或老師之類的。」

因為無法想像是誤闖學校用地，因此平田這麼說。

確實，要說可以想像的話，那個方向也確實很有可能呢。

「真好耶——寵物。要是宿舍之類的也能養就太棒了。」

「我也贊成。要是有寵物店之類的就好了呢——」

「是說，為什麼不能養呀？」

「真的真的——明明就有在賣各種東西卻沒有寵物，總覺得不太能接受耶。」

兩名女生熱烈聊著寵物話題，把我們兩個男的丟著就走。

我覺得寵物確實很療癒，但如果變得可以在宿舍飼養就會出現種種問題。如果前提是一人能養一隻，校園裡就有可能會飼養著好幾百隻動物。假如把那些寵物在學校的半天課程期間都放在所有房間裡，那馬上就會出問題了。

感覺必然不能養是可以接受的，但她們好像沒有想到那裡。

大概完全沒在思考正經的理由。

她們只用可不可愛、想不想養就結束了這個話題。

「……這想法真無聊。」

我正在思考非常無趣的事。那點就連我自己都很清楚。

這場合上需要的不是那種實際的話題。

就算我口若懸河地說出「不會變得能夠養寵物」也只會冷場而已。

「我會想養兔子呢。兔子在飼養上相對容易，而且也很乖巧。」

平田乖乖順著女生的對話這麼說，兩名女生也都掛著笑容表示贊同。

能這樣聊天的男人一定很受歡迎吧。

回過神來，寵物的話題也結束了，進入了摸索下個話題的時間。

當我在思考該怎麼做的時候，就和佐藤對上了眼神。

「欸、欸，綾小路同學。那個，呃……」

佐藤到剛才都有找回自己的步調，現在又突然開始語塞了。

看來佐藤在有真正想問出的問題時，就會極度地緊張。不知道這是只有在和異性牽扯上的時候才會這樣，還是她平時也會這樣。

她下定決心似的打算說出口……結果又還是閉上了嘴。

這是比剛才的事情還更難問出口的話嗎？

「綾小路同學喜歡怎樣的女生呀？」

在佐藤說出口以前，她隔壁的輕井澤就來這麼提問。

「我、我也想問這個。」

佐藤趁這個機會表示同意。

沒對自己的疑問被打斷表示不滿。

難道她剛才也想問同樣的問題嗎？

如果是這樣，這場雙重約會好像就不會是單純的偶然。

雖然我從一開始就有隱約感覺到，我應該把這次當作是設計好的吧。

總之，我現在必須回答問題。喜歡的女生啊？

「……總覺得很難回答耶。」

眼神閃閃發亮看過來的佐藤，加上目不轉睛瞪著我的輕井澤，以及有些開心看著我的平田。各自不同的眼神。

「活力型……之類的？」

雖然這是我拚命擠出的話，但若被人問說是不是我的喜好，感覺也很靠不住。

純粹是因為很多女生都很有活力，我認為自己有盯準了不破壞氣氛的一句話，但這好像沒能如我所願。

「真意外。總覺得綾小路同學不會喜歡那種女生。」

難道佐藤和輕井澤她們都不算是活力型的女生嗎？

我可以斷言堀北那種類型不是，但櫛田、一之瀨都算是活力型……是吧？

「難道綾小路同學認為女生就只有活力型和並非如此的乖巧型，這兩個種類而已嗎？」

輕井澤做了這種出奇犀利的吐嘈。

「是這樣嗎？」

「不是。也因為我是那種比較安靜的人，所以只是覺得可以反過來引領我的女生會比較好。」

如果我的表達有誤，那我修正。」

我這麼回答，但總覺得佐藤她們好像聽不太進去。

「那麼呀，你和堀北之間是怎樣的感覺呢？」

我又突然被輕井澤丟來了這種問題。

這應該毫無關聯吧？——雖然我很想這麼說，但佐藤的表情很明顯改變了。

這也是佐藤想要問的問題吧。

我應該把這看成是輕井澤在代替不好開口問我的佐藤提問。

班上正確理解我和堀北之間的關係的人很有限，輕井澤就是少數理解那點的學生。

來問我這種問題，本身是很不自然的。這應該的確是為了佐藤吧。

如果佐藤是真心對我懷有異性之間的好感，我就可以看出是她向輕井澤傾訴這件事，並提議要辦雙重約會的這條路線。

換句話說，應該是因為她拜託輕井澤執行掩護射擊般的任務吧。也就是要輕井澤對我做各種刺探來達成她的目的吧。

有種不見人影的輕井澤正在某處盯著我看的感覺。

雖然不知道這次的雙重約會是誰提出來的，但我推測決定詳細作戰內容的人是輕井澤。

「我和堀北之間什麼也沒有。事實上，我們聖誕節也是像這樣分開過。」

事實勝於雄辯。我彰顯現在堀北不在場，就是最好的證明。

「但是，就算這樣也不能斷言什麼也沒有吧？」

明明應該這樣就夠了，輕井澤卻緊咬這點。

「也可能是綾小路同學很在意堀北同學，但是她不理你。而且也有可能是你想約她卻沒有勇氣邀約吧？」

「……確實耶。」

認真考察的話，那個方向也是有可能的。

「怎、怎麼樣呢？我約你出來，會對你造成困擾嗎？」

佐藤感覺很不安，她觀察似的往我這邊看來。

「我剛才也說過了，如果我覺得困擾，就會事先拒絕。」

「這樣呀，太好了……！」

「但也是有那種人吧——就因為沒辦法讓喜歡的對象注意自己，所以先做好保險手段的男生。沒辦法和真命天女交往，就和備胎女生在一起。這種事也是有可能的。」

輕井澤丟來很壞心眼的問題。

就算我在此反問「我看起來像是辦得到那種精明事情的人嗎？」，要是她回答「看起來很像」的話，我就沒戲唱了。輕井澤說不定會覺得要為了佐藤，而像這樣前來窮追猛打。

這簡直就像是跳進游著密密麻麻的鱷魚的尼羅河。

「我看起來像是辦得到那種精明事情的人嗎？」

「看起來很像就是了。」

「……喂。」

明知如此卻試著跳進去，結果就是漂亮地被咬住。

「真命天女是堀北同學，卻把佐藤同學當作備胎一起玩。不是也有這種可能性嗎？」

輕井澤好像不是想抬高佐藤，而是想貶低我呢。

說不定她不是想安排讓我和佐藤順利，而是在告訴佐藤我這種人配不上她。

「我覺得綾小路同學不是會做出那種事情的人就是了。」

佐藤反駁了輕井澤嚴厲的吐嘈。

我成功擺脫了輕井澤的猛攻。

「對吧，綾小路同學？」

「我沒有精明成那樣。」

才這麼想，第三波攻擊馬上就過來了。

「可是呀，綾小路同學不是也跟櫛田同學有點要好嗎？」

「咦，是這樣嗎！」

「我都沒發現。」佐藤驚訝得好像都快跳了起來。

「雖然我覺得櫛田的話，是她和任何人都不錯……」

鱷魚已經不只是咬著而已，牠還從水裡跳出飛到天上。

「大部分男生不是都會想和櫛田同學交往嗎？」

「你覺得是這樣嗎，平田？」

為了從鱷魚口中逃走，我決定尋求平田的建議。

如果他知道我很傷腦筋，應該會好好幫我應付吧。

「我覺得櫛田同學確實很受歡迎，但不是每個人都會那麼想。再說，綾小路同學也還沒有那種喜歡某個特定對象的心情吧。」

答對了，平田。你百分之百替我回答了我希望的方向。

解開櫛田的誤會，同時也解決了此外的問題。

「如果洋介同學這麼說的話，那一定就是這樣了吧。」

雖然輕井澤好像很不服氣，但還是點了點頭。平田的話有種不可思議的分量，無法輕易地被推翻。佐藤應該更是這麼覺得吧。

幹得好，平田。真厲害啊，平田。上啊上啊，平田！

「欸，那裡的四位。可以借點時間嗎？」

當我們四個人來到電影院旁，就被人從身後搭了話。我們各自回過頭。

「你就是綾小路，對吧？」

「……是沒錯。」

你是哪位？——這種話馬上就退回了我的喉嚨深處。因為我有印象見過幾次這個兼具銳利眼神與爽朗感的男人。

這所學校裡應該沒有學生不認識他吧，他是二年A班的南雲雅。

還有幾名應該是他朋友的男女聚在南雲的身邊。成員裡也聚齊了學生會的學生們。書記的溝脇與殿河，還有副會長桐山。另外學生會的女成員也在場。

其中也有一年級裡唯一名列學生會的少女的身影。

她是一年B班的一之瀨帆波。但她待在這些成員裡沒隨便走上前，只有眼神對上就露出微笑這種程度的反應。

一之瀨以外的學生會成員都完全沒有看著我，並持續著閒聊。

然而，傑出的高年級生們一登場，場面的氣氛就變得很凝重。

「他是一年級吧？是雅的朋友嗎？」

在大部分高年級生都不認識我們的情況下，一名女生看了過來。

是以前在路上擦身而過時，弄丟護身符的高年級學生。

話雖如此，對方也不可能會認識我。

「我們沒說過話。妳不記得了嗎？他是在體育祭大隊接力上和堀北學長決過勝負的學生。」

「啊——我才在想好像似曾相似……結果就是那時候的……」

「我們來稍微聊聊吧。你有時間吧？」

我被南雲這麼搭話。任何人來看都會明顯知道現在我們四個人正在一起玩。然而，來自既是高年級生，而且還是新任學生會長的邀約，我無法不假思索地就拒絕。佐藤對於出乎意料的事態感到畏縮，也看得出來輕井澤有點動搖。

看見兩人這種模樣，平田馬上就出面了。

他是當中唯一可以直接面對南雲的學生吧。

話雖如此，他大概也沒辦法說出——我們在玩所以沒時間，請你下次再說。他打算怎麼應對呢？

「早安，南雲學長。」

「嗨，平田。足球那邊狀況如何？」

南雲就任學生會長之前隸屬足球社。看來他決定活用那個部分打開話題。

「大家都拚命地在努力。下次再請你陪我們練習。那個，學長，綾小路同學是做了什麼嗎？」

平田有點不安地試著說出口。

「咦？啊，不，不是這樣。我不可能會欺負學弟吧？我只是出於一些興趣。」

南雲露出笑容，但眼神完全沒有笑意。

要是我不開口說話，這場面的發展就不會有改變吧。

「請問有什麼事？」

我有點拘謹地回答。

「別那麼防備嘛。話雖如此，但這好像也是沒辦法的嗎？你們先去吧。」

南雲好像也覺得人多會把我們震懾住，所以就這麼對夥伴出聲。

「要趕快過來喲～」

「我知道。」

他好像沒打算要放我們走，而先讓那些討好他的人去了某個地方。

我無意間看著他們的背影，南雲就察覺這點般補充：

「他們要去卡拉ＯＫ喲。你之後也要過來嗎？」

「不……」

「我開玩笑的啦。你就連朋友都不算，來參加可是會冷場的。」

這次則是對我冷笑。

「堀北學長關心的學生……我只是受到那種謠言的影響。」

「學長，那是指大隊接力時的事情嗎？」

平田就像在替我圓場似的巧妙加入對話。

「嗯。你也有在看吧？」

「是的，因為我知道綾小路同學的腳程很快。」

雖然那是平田的謊言，但南雲也無從確認真相。

「但我覺得除此之外，綾小路身上應該就沒有那種學長們需要注意的特質了。」

「看起來確實是普通學生。除了你說的腳程快之外……呢。」

南雲露出嚴厲的表情用力抓緊我的手臂。

面對這幅異常的光景，其他三個人當然都很吃驚吧。

這看起來應該像是一觸即發，馬上就要打起來。就連和南雲很親近的平田，都因為這股氣勢而有一瞬間僵住了動作。

「南雲會長，你的表情有點可怕喲——」

為了不讓情況越演越烈，輕井澤笑著過來靠近南雲。

「嚇到妳啦？抱歉抱歉，我從一開始就沒有那種打算。」

南雲對輕井澤露出溫和的表情，但他不打算放開我的手。

他把視線移回我這邊。

「不過——很不湊巧的是，我很看好堀北學長。如果那個人在你身上看見什麼，那應該不會有錯才對。」

「你還真是看好學會長呀。」

「是前學生會長呢。我很期待接下來的日子喔，綾小路。那個人畢業離開後，我就要度過一年無聊的時光了。你要變成可以滿足我的慾望的玩伴喔。」

我知道堀北的哥哥和南雲有著因緣般的種種，但想不到他居然會越過當事人，執著到連我都被波及的程度。我有點始料未及。

因為我原本預估南雲是那種自己或周圍的人開心就好的類型。

但依這態度，看來並非如此。

他好像很重視讓周圍都知道自己的強大、自己的厲害。

「可以讓我問一個問題嗎？」

至今都一直很被動的我這麼一問，南雲才稍微露出笑容。

「之前你就任學生會長時，說過今後會把學校變得很有意思，並以實力來決定結果。但你具體上打算做什麼呢？」

事到如今就算先丟個話題也不會少塊肉。

我這麼想著，就試著問了問。

「雖然我不知道一年級生都考了什麼考試，但應該都是無聊又死板的內容。我很怕那種考試呢。我想想，透過流行的虛擬線上遊戲來舉行特別考試，你不覺得這樣很有趣嗎？」

「對吧？」輕井澤掛著笑容對平田說。

他跑得快，又會念書。要被人注意的話，不是洋介同學的話不會很奇怪嗎——？」

「總覺得不太能接受耶。綾小路同學只是跑得快而已吧？洋介同學可是比他厲害了一百倍。

雖然被興致高昂的佐藤給鎮住，但我還是這麼回答。

「不，我並不厲害喔。」

「好、好厲害，綾小路同學！居、居然被學生會長另眼相看！」

對此，至今都畏縮沉默的佐藤則吵鬧了起來。

平田對沒出事鬆了口氣。

「呼——發生了一點事件呢。」

不久便籠罩著一片寂靜。

說完，南雲就跟上了夥伴，往卡拉ＯＫ走去。

「抱歉，打擾到你約會。再見啦。」

南雲放開他一直捉住的我的手，再次笑了出來。雖然眼神中沒有笑意。

「別認真啦。」

我有一瞬間聯想到手機之類的應用程式，但南雲馬上就笑道：

「虛擬線上……遊戲……？」

「平田同學的確很厲害……可是、可是，我也覺得綾小路同學不輸他！」

她氣勢滿滿地這麼替我圓場，總覺得也有點開心，但我沒有期望到那種地步。

如果她可以幫我做出不好也不壞的評價，才會是最好的。

最重要的是，她如果那麼說的話會被輕井澤逮到機會。

「妳說沒有輸？但和洋介同學相比，他不是完全不會讀書嗎？」

「那、那是……可是他比我聰明！」

那部分我確實不會否定，但這樣真的好嗎，佐藤？

「這不是太好了嗎，綾小路同學？佐藤同學居然幫妳做出這種評價。這就是偶爾跑得快結果賺到了的感覺嗎？」

「或許是吧。」

我接受了輕井澤這些特別強勢……而且不算是稱讚的話。

總之，我只知道今天這一天，輕井澤會一直採取貶低我的方針。

清隆

櫸樹購物中心的電影比上次更擁擠。這說不定和新上映的電影帶來的影響，還有器材故障有關聯。

## 2

再怎麼樣伊吹好像都不會現身了。

她是對國外的大間電影製作公司做出的３Ｄ動畫不感興趣嗎，或是預見了這些擁擠人潮而避開了呢……她大概會改天再來看吧。

大家拿到預先訂好的電影票，遞交完票根，就進到了裡面。

「對、對了，輕井澤同學。我希望妳可以陪我去洗手間。」

「我想想，畢竟也快開播了。」

說完，佐藤就有點強硬地拉著輕井澤前往廁所。

只剩下我和平田兩個人。

「……該怎麼說呢，真是辛苦你了。」

我最先說出的是這種坦率的感想。平田因為假的女友輕井澤，所以花掉了寶貴的聖誕節陪著

她。這是我真的很尊敬他的地方。

還是說，可能也是因為他真的對輕井澤有意思嗎？

「因為輕井澤同學是我最先認為必須拯救的同學呢。」

那感覺不是把輕井澤看成戀愛對象的眼神。

而純粹是每天為了同學奔走的男人——平田洋介的眼神。

「我真的很感謝你。關於輕井澤的事情。」

「我不記得自己做過要被人感謝的事就是了。」

「你和輕井澤在船上的考試上同組，真的是太好了。她已經可以不需我這個存在向前邁進了。」

平田像是慢慢放下一樣負擔似的放心地呼了一口氣。

「應該還沒有吧？」

「因為我正在擔任她男朋友嗎？」

「嗯。」

輕井澤精神上變強、有所成長了。平田深切地感受到這點。

然而，真正意義上的成長，應該就在那裡才對。

「我覺得是時間問題。畢竟最近我們的聯絡也只有維持在最低限度呢。像今天這種有點例外的狀況就先另當別論，她應該已經不需要我了。」

確實就像平田感受到的那樣，輕井澤好像已經在自己向前走了。

如果不是由我認可，而是旁人這麼感受，那就不會有錯了。

「問個很不識趣的問題，你聖誕節都無所謂嗎？」

「嗯，因為我是輕井澤同學的男朋友呢。至少到今天為止，我和其他女孩子之間都沒有什麼。再說，今後大概也會是這樣。」

「今後也是？」

平田預言般地說出根本就不會知道的未來。

「綾小路同學，我呀，只要周圍的人們都可以和睦相處就滿足了。」

「你的意思是說，戀愛是不需要的？」

「是呀。至少我現在是這麼想的。」

他明明就有這麼優秀的儀表、個性、能力，這還真是浪費呀。

「綾小路同學怎麼樣？你打算和佐藤同學交往嗎？」

「不……」

我沒有那種打算——要是我這麼否定的話，就會是在否定這場約會本身，所以我突然間就語塞了。

「不知道耶。現在什麼也說不準。」

我只能這麼回答。

「這可能不是說不會談戀愛的我該說的話，但說不定你和某個人交往看看也不錯呢。」

「因為你目前為止應該都沒交過女朋友吧？——你是在這樣吐嘈我嗎？」

「哈哈哈，不是啦。雖然我確實覺得你好像沒在談戀愛，但那不是因為綾小路同學不受歡迎喔，你應該只是沒有可以變成戀愛對象的人物吧？」

「老實說，兩者都是吧。我既不受歡迎，也沒有那種對象。」

所以根本就不可能會發展成戀愛。

在White room裡沒有偶像們的那種禁愛令，可是能成就戀愛的那種事情絕對不會有。

我們沒有遊戲時間、假日那種東西，而且除了廁所和洗澡之外總會受到監視。根本就不可能發展成戀愛關係。

「那種生活方式不累嗎？居然把自己放在其次，只為了班上而度過校園生活。」

我試著拋出這種理所當然會浮現的疑問。

「累？沒那回事喲。倒不如說，對我來講，缺乏統籌的班級才讓我覺得難受。老實說，我在剛入學時感受到的不安已經減少了很多。」

畢竟平田來到這所學校，早早就為了統籌班級而採取行動。班上在無人島上團結性嚴重地瓦解，平田的精神狀態也曾經一時蒙上了陰影。然而最近D班開始展現出連我都看得出的團結性。也看不見班級裡有陰鬱的霸凌。雖然C班之類的外部主要因素就另當別論了。

平田洋介對D班來說是非常重要的核心。

如果沒有平田，D班現在無疑也會獨自走在最後一名。

不過，平田也有某些脆弱……與危險的一面。

雖然無人島的時候沒釀成大禍，但如果班上發生了超越當時的崩壞，我預測不到平田屆時會變得怎麼樣。

會讓我想到這種事情，是因為我的腦中還有櫛田這個存在。

櫛田有國中時期讓班級瓦解的經歷。現在面對堀北，她也隱隱約約地對堀北暗示了那些事情。

總之，意思就是如果有很強烈的必要性，她也有可能對班上投下炸彈。這麼一來，這對平田造成的心理負擔大概會變得相當沉重吧。

如果核心停止發揮作用，也不知道正要統籌起來的D班會變得怎樣。

我確認完兩人還沒回來，就決定來聊點不一樣的話題。

「關於南雲學生會長，平田你了解到什麼程度？」

如果是同社團的夥伴，就算是在一年級之中，他應該也算是很了解南雲的人物。

我判斷這個時機很好開口問他。

「不知道耶。我對他只有社團學長身分上的了解，因為我們平常不會見面呢。而且自從他就任學生會長，我們就只剩下打招呼程度的交流。」

「那麼，就算是印象那類的了解也好。」

我稍微這麼改變方向重新問問他。

「就我對他最初的印象來說，他應該就是個有趣的學長吧。就足球練習這個例子來說，他是會積極採用從沒試過的新點子的那種人。當然，雖然不全然都會成功，但最後都能讓人覺得很有趣。明明練習就是一件嚴酷且辛苦的事情呢。」

平田就像是想起那種練習光景般笑了出來。

「而且，與其說他最後都會得出成果，不如說他的技巧都有提昇。在我們入學之前，南雲學長好像在大會上也都一直有拿出成果。」

「原來如此。意思就是他是個完美的學長啊？」

「有點算是兩回子事吧。」

我以為平田會予以肯定，他卻左右搖頭。

「光榮背後總會伴隨著苦難。好像也有很多人退社離開了呢。」

「但不是也沒聽見不好的傳聞嗎？」

「應該是因為那些人已經沒有留在學校的關係吧。因為二年級的學長和南雲學長起衝突退社後，好像連學校都不念了呢。」

「不只是社團，就連學校都不念啦？」

「我也不清楚詳細的理由。不曉得南雲學長牽涉到什麼程度。」

只是從一連串的發展去看，南雲有牽涉其中的可能性。

學生有很大的可能是因為私人因素才不上學。

然而，讓人覺得掛心也是事實。

因為堀北的哥哥也說過類似的話。

說南雲會徹底排除對他來說是妨礙的存在。而其結果，就是二年級變得堅若磐石。

如果把南雲當作光，應該恨他的就是影子。

他一直都很徹底地在打擊黑暗吧，但世上的構成可沒有這麼單純。

光明的前方必然會有陰影。再怎麼排除，都會誕生出新的影子。

「綾小路同學，難道你打算進入學生會嗎？」

從至今為止的話題發展，平田會那麼推理也是理所當然。

「不，我完全沒那種打算。」

我先把這件事情斷然地說出來。就算結果會以堀北拒絕加入學生會告終，我也絕對不可能會

進入學生會吧。

但這樣我就會需要思考對策了。這和委託一點小工作不同，進入學生會也會給日常生活帶來重大影響。如果是輕井澤的話，她應該會遵從我的指示吧。可是從擅不擅長去考慮的話，她顯然不適合這種事情。

願意遵從我的指示。算是優秀。就算進入學生會也不奇怪的人物。

幾乎不存在可以跨過這三項門檻的人物呢。

「這樣啊。雖然我總覺得是你的話，你好像可以做得很好呢。」

「我才想那麼說呢，平田。感覺你才像是學生會的人。」

「我不適合啦。再說，我也不想退出社團活動。」

看來平田到畢業為止的期間，都沒打算放棄足球。

雖然要是平田進入學生會的話，我就可能會增加一張手牌。

我不會在這裡深究那件事。

因為我完全沒打算改變作為局外人的立場。

「學生會的事情就姑且不論，下個月開始，我們的立場應該也會變得很辛苦呢。」

「是因為我們要升上C班了嗎？」

「嗯。我們會被上面的堤防，也會被下面的追上。加上因為班級點數的差距正在逼近。弄個不好，二月初就會退回D班也說不定。」

會那樣擔心也是理所當然。

班級點數每個月都會變動。

如果有什麼微小的失誤，應該也很容易會變成平田預想的那種發展。

「到時，問題就是大家能不能努力了。」

「我覺得大家都有想升上A班的想法就是了呢。」

「你覺得就算需要龐大的努力跟運氣，大家的想法也不會改變嗎？」

「問題就在那裡呢。到頭來，假如要以上面為目標的話，就會給班級強加龐大的負擔。」

如果可以隨意選擇的話，大家大概都會選擇A班吧。就算是對班級鬥爭完全不表示興趣的高圓寺也是一樣。然而，A班和其他班級會被要求的條件是不一樣的。

「我——」

當平田打算繼續說下去，遠方就傳來了搭話聲。

「久等了，綾小路同學！」

雖然話說到一半，可是佐藤和輕井澤她們回來了。

因為電影也快開播了，所以我們就暫時打住話題，四個人走向影廳內。

# 3

我平常不看3D動畫電影，但內容卻以辜負我預想的形式讓我覺得很有意思。

電影巧妙重現了動物們的各種表情與動作，可以說是一段熱血、感動的故事。故事很正規，而電影的內容也會讓人覺得要追求那種正規故事，就該這樣才對。

我雙手拿著帶入館內的果汁，和佐藤出了劇院。

「好有趣喔！」

佐藤有點興奮地這麼說，對此我也只覺得同意。

剛好到肚子會餓的時候了。

平田和輕井澤稍微晚了點，也從戲院回到了外面。

為了吃預先訂好的午餐，我們四個人開始移動。這時，我和佐藤兩人又開始聊起天。

「那個呀，綾小路同學……我可以問你一個很不識趣的問題嗎？」

一起看電影好像稍微拉近了彼此的距離，佐藤靠得比剛才還近。

與其說是物理上的靠近，說是心靈上的距離拉近了半步應該比較正確吧。

「妳有什麼想問的就問吧。」

我不是什麼都會回答，但對於能回答的問題，我是打算回答的。

「啊——我也想聽——」

輕井澤先是提出要各別聊天，結果現在又來亂入。

看著這種狀況的平田提出了一點意見。

「機會難得，我們就來互問想問的問題吧，怎麼樣呢？」

總覺得這個提議不錯。

我也趁著這次機會，問問想問平田卻又沒辦法問的問題吧。

「我贊同～那就由我開始喲。」

輕井澤一表明贊同，就馬上把視線望向了我。

「綾小路同學，你有和誰交往過嗎？」

我剛才被平田問過這個問題。不，正確來說我根本沒被他問，而是被他看穿的。但我沒想過一天之內會被問到兩次類似的話題。

基本上我們都會說沒女友＝沒出息。我身為這樣的男生，還真是悲傷到了極點。這不太算是能夠愉快回答的問題，但輕井澤和佐藤的視線都熱切地集中在我身上。

先不說佐藤，但輕井澤的態度完全只讓人覺得是在玩。

「目前沒有。」

我老實地回答，但也試著讓話裡別有含意。

這樣表達也可以讓她們理解成是我以前有交過女友。

「好，那我就收下你的年齡等於單身年數的證詞嘍。」

我自認回答得很曖昧，輕井澤卻斷言似的如此咬定。

「綾小路同學呀──那可是不受歡迎的男人的推託之詞，你最好先記住喔。因為加上『目前』才可疑。」

「是嗎？雖然我覺得過去有女友，而現在沒有的話，就會變成『目前』沒有就是了。」

「那麼，你以前有嗎？」

「不……沒有。」

「看吧，果然！」

輕井澤開心地喧鬧。不知為何佐藤好像也很開心。

總覺得輕井澤的理論有缺陷，但我也找不到否定的好素材。

「我覺得沒有女朋友也完全不需要介意喔。喏，雖然像是山內同學或鬼塚同學那種明顯不受歡迎的狀況就會很扣分。但該說綾小路同學是在弄清楚想交往的對象嗎？他只是不著急而已吧。」

佐藤這麼說，替我做出給臺階下的那種發言。

「佐藤同學，妳還真了解綾小路同學呀。」

「要是可以理解……就好了呢。可是，現在還全是些不了解的事情。你也讓我提問吧。綾小路同學呀，如果有長頭髮的女生，和短頭髮的女生，你會喜歡哪一種呢？」

又對我拋問題了。我這次被問的問題也相當直白。

剛才是有無女友，加上喜歡的類型，這次則是喜歡的髮型嗎？

如果組合這幾個問題，感覺好像會浮現出女性的形象。

「我沒在意過這點耶……只要適合那個人的話，應該長短都可以吧？」

「感覺真是個模範的回答耶——」

因為我真的是做出了很模範的回答，所以就被輕井澤指出了這點。

「我也一樣喲。我覺得不管是男是女，只要髮型適合那個人就沒問題了。」

平田在絕妙的時機助攻。

見到情勢不利，輕井澤就對平田露出滿臉的笑容。

「果然是這樣嗎？其實我也屬於那種類型呢。雖然也是會有人配合對方的喜好改變頭髮長度，但感覺如果不優先考慮適不適合，就沒意義了吧？」

輕井澤從一開始就很推崇平田，並在別人面前貫徹他的思想。她還是真是一如往常做得漂亮。在態度上完美地表現出強勢性格以及強硬感。

如果輕井澤的目的是撮合我和佐藤，我才在想她對佐藤灌輸我的壞形象是怎麼回事，不過我的預測或許偶爾也會大幅猜錯。

「我覺得不會用髮型之類的束縛自己非常好！」

佐藤別說是對我有負面印象，總覺得她的眼神還有點閃閃發亮。

輕井澤不知為何也帶著「妳意外地做得很好喲，佐藤同學」這種眼光看著她。

佐藤拯救了輕井澤彷彿在貶低我似的發言。

「欸，平田，你有自己很受歡迎的自覺嗎？」

這裡我還是來請教既完美又偉大的平田老師吧。

我心裡這麼想，不知為何卻被輕井澤瞪了。佐藤也露出了相同的表情。

「欸，綾小路同學。你不是該對洋介同學提問，而是應該問佐藤同學吧？」

「是呀。這樣感覺就像是綾小路同學和平田同學在相親了吧？」

「……就算這麼對我說……」

我在佐藤面前和輕井澤沒什麼交流，所以也不能反常地拋出深入的話題。話雖如此，我對幾乎是初次見面的佐藤也很難拋話題。

這麼一來，我會想逃去最好聊天的平田那裡也情有可原。

就算我拋出再怎麼微妙的話題，平田也會為我妥善處理。

再說，因為我個人有問題想問問平田，所以這也沒辦法吧。

「你儘管問喲，綾小路同學！」

「……我想想……」

當我在想辦法尋找有沒有逃生線索時，我們就抵達了準備要用午餐的家庭餐廳。

對話以很自然的感覺暫時中斷。

佐藤好像有先預約，我們暢行無阻地被帶到了桌位。

被帶去的桌位上準備了四人份的手巾、免洗筷等用具。

「是四人份啊。」

我們預約的是兩人。

桌位應該只會擺放我和佐藤的份。

「啊——我剛才去洗手間的時候，從佐藤同學那裡聽說了這裡的事情，就先追加預約座位了呢。對吧，佐藤同學。」

「嗯、嗯！」

「這樣啊，做得真好呢。」

「還好啦。因為這種事情，我可是身經百戰。」

我看向抬頭挺胸自豪的輕井澤。

『騙人。』

我眼神這麼表示。這時，輕井澤也回以視線。

『我才不想被沒跟半個人交往過的清隆說呢——』

意思大概就是這樣吧。

「綾小路同學，你就沒什麼想問佐藤同學的嗎？」

這是我看了她的代價嗎，我就算坐下來好像也逃不開類似的話題。

輕井澤重回同樣的話題。

「……妳假日都會做什麼？」

這是我煩惱到最後提出來的話題，輕井澤卻露骨地做出「唔哇——」的表情。

「那算什麼啊。那就是你絞盡腦汁想出的問題嗎？」

輕井澤大概從剛才開始就在連平田都沒發現的範圍內焦躁著。

她大概很疑惑我怎麼完全不活用事前得到的佐藤資訊。

但我本來就不是只為了讓約會成功才去獲得資訊。

我是因為想了解佐藤這個人物才蒐集資訊。兩者的差別很大。

「沒關係喲，輕井澤同學。而且被綾小路提問，我也覺得很開心。」

佐藤掛著笑容回答完，就露出了稍做思考的舉止。

「嗯——基本上都是和朋友玩吧——畢竟一個人也很無聊呢。」

大概是和佐藤很要好的女生團吧。我的腦中隱約浮現出成員的面孔。

「但我或許偶爾也會一個人搜尋各種東西。像是和時尚設計有關的東西。」

時尚設計。佐藤說出了我平常不太會聽見的字眼。

「因為我覺得設計師也有點不錯呢。」

「哦~我還是第一次聽說。佐藤同學，妳是那種類型的人呀。」

雖然我不懂那算是什麼類型，但女生似乎也有女生才懂的對話。

佐藤點了兩三下頭。

「如果可以在A班畢業，我會打算進好地方工作呢。」

說完，佐藤就開心地展開妄想。

期待在A班畢業的恩惠不是件壞事，但先思考在B班以下畢業時也能順利求職才會是最好的。

「綾小路同學，你有在思考將來要幹嘛嗎？」

佐藤把我丟過去的球慢慢拋回來。

「……應該是升學吧。」

還沒有假想過未來職業的我，中規中矩地這樣回答。

「唔哇，我不喜歡那樣呢。我絕對無法忍受高中畢業後還要讀書。」

佐藤聽見升學就表現出抗拒的反應。

「雖說國中結束後，義務教育也就結束了，但實質上到高中為止都很像是義務教育的過程吧？如果只有國中畢業的話，在各方面都會被瞧不起呢。」

先不論會不會被瞧不起，但現在有高中畢業是理所當然的風潮。

實質上是義務教育的這種表達方式，說不定絕非誇大其辭。

「我可能會上大學。社團之類的好像很好玩。」

另一方面，輕井澤意外地不否定升學，她想像了大學生活後，就這麼答道。

雖然我們各個都懵懵懂懂的，但應該都有在思考將來的事吧。

因為發生諸多事情，這一餐有著不同於平時那團的樂趣。

不過，我也有種「如果每天都這樣應該會很累」的疲憊感。

## 4

我們吃完飯就在櫸樹購物中心邊走邊玩，結束之後，時間來到了五點前。

長達五小時左右的雙重約會，也差不多接近尾聲了。

過完了這天，我才覺得這或許可以說是意外有趣的一天。

只是輕井澤也是其中一分子的話，各方面都會很辛苦，所以下次我還真想避免。

「接下來要幹嘛？」

我主動確認是不是要解散。

雖然我也有把說不定會追加要去哪裡的可能性列入考量……

「那麼，我們……就回去吧，洋介同學。」

輕井澤到剛才為止都還在開心地狠狠欺負我，忽然間就宣布要解散了。

她表現出「我們接下來應該會變成電燈泡」這種很突然的顧慮。

看來她接下來讓我們獨處，應該是有什麼目的吧。

我可以看見佐藤和輕井澤互使眼色。

雖然很擅作主張，但要想像也不是很困難。

總之，平田對此也同意般地點了點頭。

「時間也已經晚了呢。我們回去吧，輕井澤同學。我很高興今天可以一起玩喲，綾小路同學，再見嘍。佐藤同學也再見啦。」

我和平田共度了一天，這個男人做出的行為實在很符合聖人君子。

平田面對任何人都能好好地應對。今天辦雙重約會這種我不習慣的事情，大概除了這個男人之外就沒有好處了吧。

「今天謝謝兩位了。」

平田和輕井澤好像沒有順便要去哪裡，直接就回去了宿舍。兩人快步邁步而出。

佐藤溫暖地守望著他們的背影。

「我們接下來要幹嘛？」

「呃——要不要稍微繞個遠路再回去？」

佐藤說出這樣的提議。我沒什麼理由拒絕，所以就答應了她。

「我想想……那麼，就從那邊回去吧。」

我們決定繞點遠路，遲了他們一些，也踏上了歸途。

到剛才為止都像機關槍那樣聊著天的佐藤，現在變得相當安靜。

「抱歉呀，結果變得很像是雙重約會。」

「我一開始是很驚訝啦。」

「那兩個人果然很厲害呢。總覺得情侶散發出的氛圍好像很不一樣。」

輕井澤總是為了讓扮演男友角色的平田顯眼而行動。

那當然也有傳達給佐藤，輕井澤的存在也自然而然顯得重要。

「真讓人憧憬耶～」

「的確。」

我們走得距離很近，但手和手沒有互相碰觸。

現在完全不見她和輕井澤他們待在一起時表現出的大膽。

這絕不會讓人感到不自在，但我們之間也轉為了很不尋常的氣氛。

「謝謝妳今天約我，我很開心。」

我打破沉默似的這麼回答，佐藤的表情卻不知為何提不起精神。

「欸，綾小路同學……你今天沒有很開心吧？」

我被她這麼問。

「沒這回事。」

就是因為真的玩得很開心，所以我才予以否定，佐藤不知為何無法感受到這點。

「可是……」

「妳怎麼會那麼想？」

我不懂理由，所以試著反問。

「因為，綾小路同學今天都沒有笑過半次……」

「我沒有在笑嗎……」

在我說明這件事情之前，佐藤就繼續說下去：

「我還以為應該至少可以看見一次你的笑容呢。」

佐藤和我待在一起，好像很在意那個部分。

雖然我對於雙重約會的內容本身真的沒有不滿。

當我正在思考要怎麼表達那些想法時，佐藤就沉重地開口說道：

「這果然和我之前說要霸凌堀北同學的事情……有關聯嗎？」

她的眼神很不安，露出了快哭出來的表情。

「這麼說來，好像也有過那麼回事呢。」

入學不久的那陣子，堀北在班上很孤立，有強烈瞧不起同學的傾向。

那種反彈是理所當然的，所以那也沒辦法。但佐藤對堀北沒有好感應該也是事實。

事實上，她也在群組裡提議過要不要霸凌堀北。

我拒絕了那項提議，她本人現在好像還記得那件事。

「我不在意那件事。不如說，到剛才為止我都忘記了呢。」

「……真的嗎？」

「說起來，堀北在當時被人疏遠也是有道理的。再說，妳只是在她本人不在的地方稍微提了那種話題，也不是實際上有什麼作為。我不會因為那種無聊的事情就決定對方的評價。」

壞話那種東西誰都會說。

只要不在本人面前說出口或是執行，就算不上是什麼問題。

但前提是要理解「自己就算也被人講壞話也不能有怨言」這部分。

「真的嗎？」

「嗯，真的。」

「可是，你應該沒有很開心吧？畢竟你都沒有笑。」

「我不笑是因為……該怎麼說呢，我只是不擅長笑而已。」

我先補足了剛才沒否認到的部分。

老實說，我不知道這點佐藤有聽進去多少，恐怕會被當成只是在安慰她吧。老實說，補足的辦法要多少有多少。

關於輕井澤白天問的問題之類的，我也有自信做出更好的應答。

可是，我卻刻意不那麼做。

因為我判斷「她不是值得我那麼做的對象」。

在這層意義上，佐藤感受到的「你應該沒有很開心吧？」這種疑問，可能也不見得是錯的。就玩樂來說，我是覺得很開心，但那不是佐藤期望的方向，唯有這點是確定的。我判斷被她繼續喜歡下去也會很傷腦筋。

「妳無法接受我解釋的沒有笑的理由嗎？」

「不……沒有那種事。」

我們之間籠罩著凝重的沉默。

不是我太相信自己，但今天一整天佐藤都在對我釋出算是滿不錯的好意。

但可以的話，我希望那份好意就此打住。

為此，作為一個不善言辭的男人，我會持續做出尷尬的舉動。

然而，佐藤背向我之後，就從背包裡拿出某樣東西，把那個東西繞到自己的身後。

「那、那個呀——」

她轉身過來，下定決心要做什麼似的，眼神堅定地看著我。

看來我的願望好像不會實現了。

「那個……那個……請、請你和我交往！綾小路同學！」

一陣風「咻——」地吹了過去。

這是我人生中第一次收到的貨真價實告白。
我暫且無視了藏身在視線前方草木茂盛處的人。
在這裡無謂地長時間思考，就只會連結到折磨佐藤。
我立刻挑選用詞，下了決定。
「抱歉，佐藤。我沒辦法回應妳的期待。」
「唔！」
我老實地對擠出勇氣告白的佐藤這麼回答。
不，我並不討厭佐藤，也不是因為她的個性或外表有問題。
「這、這樣呀。果然……不行……呀。」

佐藤露出不知是苦笑還是什麼的表情，拚命地掩飾不讓笑容垮掉。佐藤在約會途中，應該也隱約感受到了才對。

感受到我看起來對佐藤沒有強烈的興趣。

「可、可以的話，作為今後的參考……可以請你把理由告訴我嗎？果然是因為你有其他的心儀對象？」

「沒有。不過，現階段我無法和人交往。這只是單純的心情問題。」

在沒有喜歡上對方的情況下選擇交往，是很沒禮貌的。

這就是我表面上的理由。

是應該針對佐藤回答的認真理由。

「不論對象是佐藤妳也好，雖然毫無關聯，但就算是妳們今天提到的堀北也好、櫛田也罷，我的答案都會一樣。沒有喜歡上對方，我就沒辦法交往。」

當然，即使對象是心裡應該也這麼想的愛里，我也對她做出相同的答覆。

就差在她有沒有直接表達心意。

「雖然這也可以說是件很慚愧的事，但我還不曾真心喜歡上異性。不是甩人或被甩之類的問題，而是我還沒有成長到能夠談戀愛的階段。」

「……這樣呀。」

我只能讓她接受這個事實。

「我或許太急了呢。說得也是。只憑一場約會，根本就還是一點也不了解對方。」

佐藤即使皺起眉頭，也依然像在說給自己聽似的點了兩三下頭。

告白與回應，雙方都需要極大的勇氣。

「我說不定錯失機會了呢。」

我拒絕了拚命表達心意的女孩子。

我自己也覺得這是個很蠢的選擇。

我想交女朋友，過上普通的學生生活。

我的確有那種想法。如果對象是佐藤的話，我也不會有怨言。

就算是現在也可以，提出還是想和她交往才會是正確的判斷。

但我的嘴巴已經閉上，沒辦法再開口了。

口袋中的手機在震動。

我不知道是誰打來的，但確實有人來電。

這種狀況下我當然不可能接電話，所以就無視掉來電。

佐藤在這段期間把手上包裝好的盒子重新收回包包裡。

接著抬起頭這麼說：

「今天很謝謝你，綾小路同學。」

掛著一張領悟到我的答覆內容不會改變的表情。

就算佐藤現在這個瞬間喜歡我，也不保證她明天依然會如此。

我也不知道她今後會一直關注我，還是會找到新的戀情。

不過，佐藤是最初對我告白的對象，唯有這點我一輩子都不會忘記吧。

「我還可以……再約你出來玩嗎？」

這恐怕是佐藤竭盡全力擠出的道別。

「當然。我也覺得和佐藤妳一起玩很開心，而且我也想再約妳。」

那是我不折不扣的真心話。

「嗯！」

她輕輕點頭回應。

雖然不知道傳達了多少給佐藤，但告白的時光也都已經過去了。

就算留下了沉悶的氣氛，也還是會立刻回歸到日常生活。

寒風呼嘯，刺痛了我冰冷的身體。

「開始變冷了，我們回去吧。」

不論我們是否如此希望，時間都會流逝下去。

我們兩個不能一直在這裡站著。

我打算邁步而出，但佐藤卻就這麼站著不動。

「佐藤？」

我覺得不可思議而回過頭，發現佐藤的眼角掛著斗大的淚水。

佐藤在眼淚滴落前，就用手臂擦乾淚水，然後笑了一下。

「抱歉。我要稍微用跑的回去！」

說完，佐藤就踏著雪地踩出聲響，把我丟著就跑回了宿舍。

我沒辦法叫住她的背影，只能靜靜地目送她。

「這根本想也不用想嗎？」

雖說被我這種人甩掉根本不用放在心上，但從當事人來看，這是她竭盡全力擠出的勇氣。

既然那份心意沒有相通，她好像就無法若無其事地走在我身旁回去。

為了待會兒不在宿舍碰見她，我目送她的背影直到看不見為止。

假如沒有學生會還有爸爸的事，我的答案是不是就會不一樣了呢？我會作為一個單純的高一男生，牽起對我有好感的女生的手嗎？

我假設性的思考。如果這是體育祭大隊接力前的告白，我總覺得自己就會接受佐藤了。但諷刺的是，佐藤會對我有好感就是因為那場大隊接力。

我客觀地理解自己的思路和普通人不一樣。

我會優先防範即將降下的災難而行動。

「那麼……」

在回去之前，我就先了結應該先解決的問題吧。

在我這麼想，並打算對枝葉茂盛處出聲的時候——

一通電話再次打來我這邊。

手機畫面上顯示著「私人號碼」的文字。

我有一瞬間想過要不要無視這通電話，但我不覺得這單純是惡作劇電話。

我按下通話鈕，把手機貼在耳上。

我連對方的性別都不知道，雖然觀察了對方態度，但等了幾秒依然持續著沉默。

「喂？」

我試著這麼出一次聲。

但對方沒有回覆。

所以我打算立刻做出結論。

「我要掛了喔。」

『我可以相信你嗎？』

從被打破的沉默中冒出的回覆。

一句不成意義的話。

「真是唐突。我完全不知道要讓你相信什麼就是了。」

我要求說明，如此反問。

『我是指堀北學長說要拉下南雲的事。聽說你會變成協助者。』

看來堀北的哥哥好像把我的事情告訴之前提到的二年級學生了。

特地用私人號碼打來，還真謹慎。

但打電話過來，也就表示他接下來打算和我見面吧。

就算隱藏電話號碼，但他也讓我聽見了聲音，所以若非如此就會很奇怪。

『為了以防萬一，我想問你，你的名字是？』

堀北的哥哥把我的號碼告訴了他，但好像還沒把我的真面目說出。

不過，我被對方聽見了聲音，也被知道了電話號碼。

只要調查的話，要找到我應該不會很困難吧。

「我覺得不必回答就是了。」

雖然我很清楚那些事，但還是先拒絕了他。

『算了。我記得你的聲音，大致上有頭緒了。』

他已經預測到了嗎？這麼一來，我好像也能設定大致上的目標人選。

二年級裡沒那麼多學生知道我的聲音。

『雖然很突然，但我現在想見你。』

他果然這麼開口了啊。

不過，我好像也沒必要說我已經預測到了這件事。

「那也很唐突呢。你不用再更防備一點嗎？」

時間已經是黃昏，太陽再過不久就會西沉了吧。

『我這邊沒問題。如果你有那個意思的話。可以馬上會合嗎？』

我望了枝葉茂盛處一眼。

「我想想，你運氣也很不錯呢。」

『你說運氣？』

「老實說，如果不是現在的話，我就會拒絕了。」

對方應該在電話的另一端覺得很費解吧。

正在思考我說「如果現在的話，要我應約也可以」的含意。

他就算思考那種事情也根本無法理解。

我口頭告訴他自己現在的所在地點。

『附近校舍旁有很難被人看見的地方。我希望十分鐘之後在那裡見面。』

他如此簡短回應。

「抱歉，我有點事情要解決。二十分鐘後可以嗎？」

『……我知道了。』

我結束通話。

到指定地點也花不到五分鐘，但我刻意準備了緩衝時間。

總之，我就先在十五分鐘期間處理完該解決的事情吧。

有人在這寒冷的天氣下凍著身體等待著我。

「一直躲在那種地方會感冒喔。」

我對藏在樹木與草木茂盛處的人搭話。

但沒有回應。

「我接下來有安排。要丟下妳離開了喔，沒關係嗎？」

我再次搭話。

這時，她好像就半途而廢地死了心。沒有現身，只出了聲。

「……你是什麼時候開始發現的？」

「從一開始。妳也有聽見佐藤在這裡告白吧，輕井澤。」

「沒、沒什麼，稍微聽見而已。」

輕井澤用很難以言喻的方式打迷糊仗，同時站了起來。

好像是因為靠著枝葉茂盛處的關係，她的肩膀上積了一些雪。

「好冷。」

「平田怎麼了？」

「誰知道。大概隨意回去了吧？」

她不感興趣似的回答後，就走出來到了路面，拍掉了身上的髒汙和積雪。

她為了不發出聲音好像一直都縮著身子躲著，鼻子都紅了。

「妳很冷吧？」

「一點點而已。」

輕井澤在不需要逞強的地方逞強。

對這樣的輕井澤來說，比起凍僵的自己，她似乎有更在意的事。

「是說呀，你為什麼要拒絕佐藤同學的告白呀？」

「什麼為什麼？妳也說過吧，說和完全不喜歡的人交往是最差勁的。」

「是沒錯啦……但有句話不是說——不吃現成的食物，就要假裝吃飽嗎？」

那是什麼說法啊？她想使用一知半解的知識，卻弄錯了講法。

「應該是不吃現成的食物，是男人的恥辱吧。」

所謂的現成食物，就是指在可以馬上享用的狀態下準備好的食物。

不碰就是男人的恥辱，就是在講男女之間的肉體關係。

不過，輕井澤的狀況應該不是在指性方面的意義，她大概是想說如果那是可以交往的狀況，不交往就奇怪了吧。

「佐藤好歹也算是普通的女生，會想談理所當然的戀愛。不過，客觀來看，妳認為我能夠談那種理所當然的戀愛嗎？」

「這……或許有點難以想像呢。」

正因為輕井澤比任何人都了解我，所以才能夠理解那點。

我也像一般人一樣憧憬理所當然的戀愛。想被可愛的女生告白，過上酸甜的校園生活，而且我這麼想也不是一兩次了。

不過，那應該還是無法變成佐藤心裡描繪的戀愛形式。

就算在此硬著頭皮交往，也只會白白浪費她的時間。因為即使事後幻滅，失去的校園生活也都回不來了。

「你呀～雖然這話不該由我講，但或許你有點太卑微了呢。」

「卑微？」

「清隆你確實和普通男生不一樣。而且，平常大家看到的模樣都是假的吧。」

「與其說是假的，不如說沒表現出一切才是事實呢。」

「所以，想到表現出那種模樣會有女生幻滅，就會是個很正確的判斷。可是呀，如果喜歡上了的話，那種事情就無所謂了。雖然這是我自作主張的猜想，不過我覺得佐藤同學是會接受你的。」

「這樣啊？」

「就是這樣。不過，既然你甩了她，那也都結束了呢。虧我還特地幫你射了邱比特之箭。你居然還把它擊退。」

「邱比特之箭？」

「你別放在心上。因為已經無所謂了。」

她像小惡魔一樣對我賊賊一笑。

「大部分女生的心情都轉換得很快。佐藤同學應該會喜歡上其他男生吧？」

「如果是那樣，那也沒辦法。就是這樣了吧。」

「總覺得你聽起來好像摻雜著後悔耶。」

「別管我。這是我的選擇。」

雖然我這麼說，輕井澤的心裡卻好像還有些部分無法接受。

「雖然已經太遲了，但你不是也可以嘗試交往看看嗎？不是嗎？」

這項指出是正確的。

因為就算最後雙方的妥協點會有問題，但還是有可能會進展得很順利。

即使現在我自己沒把佐藤當作異性來「喜歡」，只要珍惜她的話，也可能會喜歡上她。

「而且呀，你也有察覺到佐藤同學的心意吧？來約你在聖誕節約會，普通朋友的話是絕對不可能的。對此表示ＯＫ，就代表你應該也考慮過交往吧？」

「因為嘗試約會的結果就是我和佐藤合不來——妳就不能這樣理解嗎？」

「這……說不定有可能呢。但就我今天看見的，好像也很順利。你不是感覺也滿開心的嗎？」

「老實說，我也不是完全沒想過和佐藤交往。」

「看、看吧，果然。」

「畢竟和佐藤交往，大概可以體驗到各種事情。」

她好像有點在意我這番話，於是就露出了有點生氣的表情。

「什麼啊，你所謂的各種。」

「就是情侶會抵達的目的地。意思就是這樣。」

我盡量委婉地告訴她，輕井澤當然也懂我的意思吧。

「啥！你打算用那種最差勁的理由跟她交往嗎！」

「妳就不會想做嗎？」

「我、我哪知道！那對我來說也是個完全未知的世界！」

「那麼，妳就不想踏進那個所謂的未知世界嗎？」

「那是——那是，可是，到頭來不是也要看對方是誰嗎？」

「……嗯，我是不覺得誰都可以呢。」

我試著做了想像，但還是會希望盡量是自己覺得不錯的對象。

「是吧！」

「但如果是佐藤的話，我並沒有什麼不滿。」

「嗯……那麼、那麼你幹嘛要拒絕佐藤同學的告白呀。那樣不就可以體驗到你說的那個未知世界了嗎！」

「別那麼生氣來指責我。」

「我才沒在生氣！」

一百個人之中應該有一百個人都會回答現在的輕井澤正在生氣吧。

當然，想都不用想她為什麼會生氣。

「如果我選擇和佐藤交往……妳現在還會在我身邊嗎？」

「咦？」

「那也是我沒有選擇佐藤的最大理由。」

輕井澤的理解跟不上，她思考了這番話的意思。

我在那場告白上選擇和佐藤在一起，大概的確會大大關係著校園生活的樂趣。有了戀人同甘共苦，然後發展到更深層的關係。世上大部分學生都想像過那種甜蜜的未來才對。但這僅限和佐藤交往完全不會對輕井澤的心理狀況造成影響的情形。

選擇特定的對象，也就是在做出取捨。

如果我在這裡選擇了佐藤，今後就會變得比較難將輕井澤派上用場吧。

這並不是純粹的預測，事實上輕井澤也像這樣來逼問了我。

如果我選擇佐藤，輕井澤應該就會加強對我的戒心。

屋頂上事件對輕井澤來說確實是很大的轉捩點。輕井澤對我的信賴度躍升，就算說她今後不會背叛我也不為過。即使是龍園、坂柳或是南雲那種人物接近她，輕井澤也不會崩潰。

然而，唯一會產生例外的就是這次這種事件了吧。

那種「替代自己」的存在。自己是不是變得不需要了的不安，會讓她產生焦慮。結果，就會說做得到原本辦不到的事情，或是恐怕會變得懦弱，做不到原本辦得到的事。

到了那時，輕井澤的魅力可說會減半。我很擔心那點。

當然，如果佐藤真的是足以取代輕井澤的卓越人才，情況就不一樣了吧。也是有把佐藤放在主要位置，同時把輕井澤放在輔助利用的方式。

但考慮到今天的接觸，我再次確定了。

憑佐藤無法取代輕井澤。

例如像是在根本的想法或精神層面上，我可以斷言她遠遠不及輕井澤。

沒想到在第一次的約會上，她就強烈地暴露出那個部分。

輕井澤徹底假裝設計好的雙重約會是巧合，現在也若無其事地不斷隱瞞，對照之下佐藤就明顯動搖了好幾次，或是有反而太過從容的部分。

而成為關鍵的，就是南雲和我對峙的時候。雖然輕井澤迅速地表示行動，但佐藤就連介入都辦不到。關鍵時刻，那個部分就會出現很大的差距。

今後，我有三個應該無法避免的問題。

學生會的問題總之我也可以無視，但坂柳和我父親就行不通了。

如果那些傢伙失控的話，光是那樣我的立場就會輕易地發生多次改變。到那些危險性被排除為止，我都必須讓輕井澤圓滑地替我辦事。

再說，我也很在意茶柱或坂柳理事長的動向。雖然我覺得老師那方不會做出不謹慎的行為，但現在我開始看得見老師的背景，所以那也會是我的監視對象。

在這層意義上，輕井澤惠的存在對我來說也算是不可或缺。就算是從學生看來擁有壓倒性立場與權威的理事長，只要輕井澤利用美人計，拖垮他的社會地位應該也並非不可能吧。

不過，也是有適不適合的這種問題就是了……畢竟輕井澤應該無法應對性方面的事情吧。

總之輕井澤就是泛用性很高。

「雖然我隱約在想是不是這樣啦，但清隆你也只會把對方當作道具看待，對吧。」

「我沒有那種打算。」

我雖然那樣回答，但這根本不可能會傳到至今被利用無數次的輕井澤耳裡。

「我說啊～雖然這是很單純的疑問，但你都沒有喜歡過別人嗎？」

「現階段沒有耶。」

是有想過想要試著喜歡。

只是那種機會碰巧沒有到來。

——或者……

或許我的心裡從一開始就不存在「戀愛的心情」。

就算我理解男人或女人這種生理學上的差異，但前方還是一片黑暗。

在White room裡，那就跟常識一樣。

「……結果……」

「什麼？」

「不，沒什麼。」

結果，我就算出了White room，果然也還是一樣身在White room裡面吧。

我總是為了保護自己，不會少掉事前準備。

原本的校園生活應該不需要那種事。

坦率地享受約會並和佐藤交往——那應該也是理所當然的未來。

我沒辦法把那種未來畫在油畫布上。

對於別人來做的各種算計，我都會不禁想設下以防萬一的保險。

不管別人變得怎麼樣，只要最後我自己會贏就行了。

……我好像到死都不會捨棄這個根深柢固的想法。

我邁步而出，輕井澤遲了一點，也開始走了起來。

她絕對沒和我並肩同行，但也保持了可以對話的距離。

是一段如果被別人看見也可以裝作是巧合的絕妙距離。

「唉——我為了佐藤同學努力了一天，結果卻是白忙一場——」

她的態度讓人難以想像幾天前曾在屋頂上遭到悲慘的對待。

「不久前才發生了那種事件，虧妳可以重新振作起來呢，輕井澤。」

「……我被霸凌好幾年，可不是被霸凌假的。」

「意思就是過程經歷的時間不同嗎？我記得那好像是升上小學時開始的嗎？」

因為她歷經了漫長的霸凌，總算從中解放。

能變得如此輕鬆地享受高中生活，可說是一種天賦異稟的才能。

可是輕井澤卻露出了好像有點不可思議的表情聽我剛才說的話。

但她好像馬上就懂了，於是理解似的說道：

「啊……這樣呀。應該是那麼回事吧。抱歉，清隆，那件事情我有摻了一點謊言。」

輕井澤忽然會意到什麼事情似的點了點頭。

「謊言？」

「洋介同學說我九年期間都被霸凌，那是謊言。喏，因為我覺得比起說國中時代被霸凌，說從小學生時期就被霸凌才比較容易受到他的幫助呢。如果他知道即使換環境霸凌也會繼續發生，可能就會覺得高中說不定也會發生同樣的事情了，不是嗎？」

她輕輕一笑，吐了吐舌頭。

原來是這麼回事啊。為了確實利用平田而撒下的謊。在利用對方時想到那一步，這也可以觀察到輕井澤的頑強。

「是說……教唆真鍋她們的那件事，你就沒打算重新道歉嗎？」

「經妳這麼一說也是呢。我因為約會的事，結果全部都忘光光了。」

「還有那個，你說過不會再聯絡我，結果還輕易地來聯絡拜託我。感覺你這種地方的彌補有點不夠。」

「我要撤回說不聯絡妳的這件事。畢竟我已經除去了妨礙。如果可以的話，下次讓我賠罪吧。」

「感覺你這話完全沒誠意耶。我對之後不抱期待，你就現在賠罪吧。」

「現在？我要怎麼做啊？」

「畢竟我也說了很多，清隆你也告訴我一些事情吧。」

「說什麼？」

「你今天白天不是被南雲學生會長搭話了嗎？那是怎樣的發展？」

對輕井澤來講，那也許和佐藤的事同樣在意。

想不到她來要求當作賠罪的會是學生會的事情。

「你也很辛苦呢。我不知道你是出自什麼理由才在體育祭的大隊接力認真奔跑，但察覺事實的人感覺逐漸增加了呢。」

「我也會了結那種狀況。幸好，班上的團結力比一開始變得更強了。就算我什麼都不做，都已經不會有問題了吧。」

「是沒錯，但那種想法很不像你的作風吧。而且要說團結力，B班那方才更強大。我不覺得那一點贏得過他們就是了。」

輕井澤這麼說完，就接著說下去：

「說是團結力會增強，其實你只是想開溜而已吧？」

「不愧是妳。答對了。」

D班也還算是在發展的途中。輸A班也輸B班。

不過，我一點都不打算照顧班上直到變得贏得過別班。

「但就因為在體育祭上顯眼了點，就會被他注意成那樣嗎？這樣不是很不自然嗎？」

她好像是想說，只是跑得快就被南雲雅盯上很奇怪。

如果是和現在的輕井澤說明，應該也沒問題吧。

不，不如說應該先把這件事告訴她。

正因為我原本就打算主動提到那件事，所以還真是省了功夫。

「妳知道我們班的堀北和前學生會長是兄妹嗎？」

「隱約知道吧。雖然就是覺得『應該是那樣吧？』的程度。話說回來，接力賽的時候，學生會長……不加上『前』字好像會很難懂……你不是和那個人一起起跑了嗎？清隆你認識他吧？」

「嗯。因為我和他妹妹有交集，所以各方面都被他哥哥盯上了。」

「意思就是說，他知道你藏在面具下的真面目呀。」

「面具下嗎？我被他知道的就只有表面上那一面。在這所學校裡，沒有其他人像妳對我了解這麼深。」

「……哦。雖然我並不會覺得高興就是了呢。」

輕井澤雖然這麼回答，但她看起來也不是完全覺得不好。

有時候知道別人的祕密，對當事人來說也會是種很沉重的狀況，但因為自己被人當作是特別的而感到高興的情形也不算稀奇。從輕井澤來看，就跟她自己被我掌握到祕密一樣，知道我的祕密這件事實也會給她的內心帶來衝擊吧。

「前學生會長的頭銜各方面都很方便呢。屋頂上那件事情，我也稍微受到了他的照顧。」

先讓輕井澤從屋頂下樓時，她應該有和待命的前學生會長碰面。

「話說回來……嗯，我那時候有見到他。」

「對方也以類似那樣的形式來逼我報恩了。」

「這和你被南雲學生會長盯上有關係嗎？」

「堀北的哥哥和南雲之間是對立的關係。說得委婉點，就是競爭對手的關係。對南雲來說，他應該很不高興那個堀北哥哥和我說話吧。他在接力大賽上的態度也很好戰。」

「總覺得很複雜耶。意思就是你介入了他們兩人的戰鬥了嗎——？」

這樣應該就有把南雲來干涉我的理由傳達給她了吧。

但接下來才是正題。

「好像也是因為這樣，所以我就被堀北的哥哥拜託幫忙了。他好像想把南雲從學生會長的位子拉下來。」

「……難道，他把那個任務交給了清隆你？」

「很麻煩，對吧？」

「不過，能設法對付那個感覺很厲害的學生會長的人也只有你了吧。」

「妳覺得我辦得到？」

「你如果辦不到的話，應該也沒有其他人可以阻止了吧？」

等到發現時，我的評價好像也提昇了不少。

不論我說得再怎麼謙虛，輕井澤根本就不打算相信。

「順帶一提，我因為是順著話題才告訴妳的，但我接下來要和某個二年級生碰面。」

「和二年級生？誰呀？」

「誰知道。身分不明。對方也沒辦法確定對象就是我。不過，他是二年級中唯一對南雲感到不愉快的學生，目前只有釐清這點。」

「哦……我會礙事嗎？」

「如果妳想出席也沒什麼關係。妳要怎麼做？」

在確定她會跟來的同時，我還是暫且做了確認。

「……我要去。」

輕井澤煩惱了一下，然後就這麼回答。

我聽見那句話，就關掉了手機電源。

接著，朝著對方在電話裡告訴我的校舍附近移動。

## 箭矢的去向

聖誕節這天，參加社團活動的學生已經都不在學校裡並且踏上了歸途。

就算有人經過，大概也只有老師而已吧。

不，我好像應該把這當作幾乎不可能吧。學校沒有像樣的燈光。

「好冷。他還沒來嗎？」

「已經到預定時間就是了。」

距離約定時間已經經過二十分鐘。

附近好像還沒有人。

「把人叫出來還遲到嗎？他還滿會的嘛。」

「他大概是在附近觀察我們的樣子吧？」

「那算什麼。這樣不是很狡猾嗎？不就會只把清隆你的真面目確認完畢就回去嗎？」

「他應該很想那麼做，不過大概沒辦法吧。」

我覺得對方幾乎毫無疑問會來接觸我。

不過，要讓那種「幾乎」變成百分之百，我原本正希望有個催化劑。

那就是我隔壁輕井澤的存在。

如果我單獨出現在這個沒有人煙的地方，他就會確定協助者就是我。

不過今天是聖誕節。我們是尋找獨處地點而來到這裡的不相關情侶——雖然只有些微的可能性，但他心裡應該也會出現這種選項。

就算他想一面藏身一面用私人號碼打來觀察反應，我也都關掉了手機電源。換句話說，他要確認的話，除了直接搭話別無他法。

我和輕井澤在寒冷的天氣下耐心等候，這時有一名學生靠了過來。

我對那個學生有印象。

在眼神對上的瞬間，我就意會到剛才講電話的對象就是他。

不過……該說是意外嗎？他就是這樣的對象。

我們還沒有被搭話。因為我們也有可能是偶然過來這裡。

當然，那種極低的可能性馬上就被否定了。

「久等了。」

「我才剛到呢，桐山副會長。」

我叫了他的名字後，他有一瞬間很驚訝，但馬上就恢復了正經的表情。

我先觀察對方的態度吧。

「看來你好像在一定程度上蒐集了學生會的資訊。我記得你的名字……叫做綾小路嗎？」

桐山在旁邊聽著今天我和南雲的對話，就算記得也不會不可思議。

「想不到打算加害南雲學生會長的會是副會長。」

「在談這件事情之前，我想問你。」

他用手勢打斷我的話，接著望向輕井澤。

「那邊的學生是？我可沒聽說過。」

「她是我能夠信賴的夥伴。」

輕井澤有點動搖，但馬上又繃緊了表情。

「信賴啊……只能相信一年級的狀況還真空虛。」

就算看見非說好的成員的輕井澤，桐山仍毫不遮掩地現身。

這是他對南雲的政權就是有這麼不滿的證據嗎？還是因為他信任堀北的哥哥呢？

「那麼我可以切入正題了嗎？我想盡量避免久聊。」

「我也是。因為我也差不多快感冒了。」

「我原本就和南雲合不來。會加入學生會也是因為我很憧憬堀北學長——作為一樣都是在A班的學長。不過，我現在已經變成了前A班。」

桐山敗給了南雲而掉到B班的事實。會進入學生會是因為堀北哥哥的影響。考慮到這些，他現在會留在副會長的位子也不會不自然。

我反而對南雲會讓如此敵對的桐山當副會長很驚訝。

「我本來想阻止南雲就任學生會長，但那無論如何都不可能，事情已經不在我的能力範圍內。真是慚愧。」

「南雲學生會長拉攏了所有二年生，這件事情有幾分真？」

「幾乎全都是真的。雖然應該有不少學生心裡很不滿，但還不至於能投下反對票。那些人都放棄了，覺得只能服從。」

「欸，清隆。我知道班級會團結起來，但有辦法連別班都拉入夥嗎？我們不是要以A班為目標互相競爭嗎？」

「桐山副會長應該會替我們說明那點吧。」

「……南雲承諾將會改革。因為他聲明會跨越班級隔閡，把有實力的學生拉上A班。也有很多學生對於因為班級團體戰而降到下段班感到不滿。」

我對微微歪著頭的輕井澤補充道：

「簡單來說，就是像堀北或幸村那種類型的人。」

「原來如此呀——」

只有自己的話，明明就可以升上A班——如果是那種會這麼想的學生，即使是別班也會被拉攏過去。

「不過，只是這樣的話也很不夠吧。畢竟也存在著一堆沒實力的下段班學生。」

「如果要相信南雲所說的話，他好像會給所有學生機會吧。具體的部分連我都不清楚。」

「這樣不是感覺很可疑嗎？」

「就算很可疑，他們也只能仰賴那種事了吧。B班以下的班級已經都很拮据了。因為和A班之間的班級點數差距明顯拉開了呢。」

南雲把全體二年級都變成夥伴。我好像隱約可以理解這件事情了。

但這麼一來，桐山的存在就很令人費解。

「既然這樣，桐山副會長，你不是也該賭賭看那種『機會』嗎？和學生會長敵對並且輸掉，那樣才真的會回不去A班。」

「假如真有機會的話，那說不定也是一種選項。不過，我實在不認為南雲會給所有人那種機會。那是不可能辦到的。要是被他在決定會在A班畢業的時候翻盤，應該就會無法補救了吧。」

也就是說，那就是他對抗南雲的理由嗎？

「在南雲就任學生會長的時間點，你就沒有退出學生會的想法嗎？一般都不會想在敵人手下工作吧？」

「我怎能退出。我如果退出的話，南雲就只會得意忘形。我覺得既然如此，至少想要打入那傢伙的內部蒐集資訊、尋找破綻。我相信把消息交給堀北學長，就一定可以派上用場。」

桐山副會長淡然地說著，同時摻雜著悔恨。

「你了解明知這樣下去會失去學校的傳統，卻只能拚命忍耐的悲慘嗎？」

很不巧的是我不了解。

桐山打從一開始也不覺得我能理解吧。

「你也不可能會懂嗎……畢竟你們一年級裡，應該沒有南雲那種學生吧。」

我問都沒問，桐山就接連說下去：

「但這絕對不是與你毫不相關的事情。南雲現在還正在對以堀北學長為首的三年級生懷有戒心。因為三年級生是他如果露出破綻，地位就會受到威脅的存在。但畢業之後也就會消失，那麼一來，下個目標無庸置疑就會變成你們一年級生了吧。」

「就算你這麼說，我們和高年級生有可能牽扯上關係嗎？」

輕井澤歪了歪頭，表示自己連為什麼會被盯上的理由都不懂。

「他對不服從的學生會毫不留情地予以制裁。那就是南雲的做法。」

「什麼意思？」

「意思就是說，就算是一年級生對南雲露出敵意，也同樣會受到騷擾的意思吧。」

「那他豈不就是最差勁的學生會長了嗎？」

不過，也有只要服從就會受到恩惠的可能性。

既然兩年期間把南雲當作對手的學生們都服從了，他應該也有一定的實力和說服力吧。

「說什麼露出敵意，我們通常不會和學生會長牽扯上關係吧？」

「那是到第二學期為止的事情。接下來將會格外增加和高年級生接觸的機會。因為在一整年之中，第三學期一開始都會舉行一年級到三年級一起考的特別考試。以此為開端，之後將會反覆舉行類似的考試。像去年的我們就是這樣。總之一年級生會和二年級生戰鬥，視情況不同，也會變得必須和三年級生戰鬥。」

換句話說，如果照安排走下去，一月就會變得要和幾乎不認識的高年級生有瓜葛了。

雖然在體育祭上曾經有過一次跨年級的交流，但我們幾乎沒機會直接接觸。

「南雲恐怕在那個時間點就已經鎖定了一年級裡需要注意的人物。」

需要注意的人物，就是指可能會動搖到自己地位的學生吧。

既然這樣，我還真希望自己在那個場面上不引人注目地等待風波經過。

很遺憾的是，我也隱約感受到現在的狀況已經變得無法實現。

「去年的考試內容是？」

「恐怕十之八九和今年的特別考試無關吧。大部分的特別考試，每年都會施行非常不同的內容。不會成為參考。」

「就算這樣，先問也可能利於發展。」

「或許是這樣吧。不過，很抱歉，那點我沒辦法回答。就算你是堀北學長推薦的學生，我也無法牴觸校規。這件事情要是被知道的話，我就必須有接受退學處分的覺悟。我沒辦法違反那個禁忌，也不打算違反。」

如果是重視學校制定規則的堀北派，就更是如此了吧。

「上面還真是有個麻煩的學長耶。」

我說出很老實的想法。

「總之，把南雲從學生會長拉下的方式有限。不用說，讓他退學當然會是最穩妥的辦法，但實際上不會那麼簡單吧。其次，就是讓周圍都知道他不適任學生會長，強行把他從那個位子上拉下來。如果他變得不再是學生會長，大概也會有看透南雲的學生出現吧，而且你們一年級或明年進來的新生，應該也就不會受到損害了。」

說真的，我也不知道南雲雅是怎樣的學生。就算問一旁的輕井澤，她大概也只會說出相同的感想。我們現在和其他年級就是那麼缺乏交流，所以才會無法做出判斷。考慮到周圍異樣的抬舉與戒備，或是包含平田的欽慕在內的尊敬之情，我只推測出他不是普通的學生。

原本，從二年級生中找出贊同桐山的學生來打敗南雲會是最理想的。

不過，就是因為辦不到，才會輪到一年級生接手燙手山芋。

「一下子打算讓人退學，一下子要強行拉下他，都是些危險的話題呢。」

「你是說，你就算面對棘手的敵人也不會使出那種手段？」

「我想都沒想過耶。」

我身旁的輕井澤有一瞬間對我投來狐疑的眼神，不過我無視了她。

「那你能用正面進攻的方式做給我看嗎？如果可以誘導南雲自己辭去學生會長會是最好的，但那不用說當然最困難。」

真不知道可以相信這名叫做桐山的學生到什麼程度。他對南雲抱著一定的負面情感、憎惡，從態度上來看不會有錯，但他的發言中可以看出只顧自己方便的部分。狀況將會根據這是不是他故意做出的行為而有所改變，但現狀我沒有可以徹底判斷的要素。

我大概不該再提供任何除了露出輕井澤這張手牌之外的更多資訊吧。

「要述說你的希望是你的自由，但決定要怎麼做的人是我。」

「意思就是說，你無法輕易信任我嗎？」

桐山當然也察覺了我的不信任感。

「我也覺得自己做得太過頭了。雖然我不需要負起無法阻止南雲的責任，但我不忍心學弟妹看見同樣的地獄。那就是我的真心話。」

為了學弟妹著想嗎？

這話一時之間真教人難以相信。

二年級沒有人才能打倒南雲，所以他才無可奈何地拜託一年級生。

他感受到了自己沒能阻止南雲的責任。

他才剛那樣說完，這次又說是為了學弟妹嗎？

如果是這樣的話，告訴我是為了透過排除南雲重回A班，話裡的可信度還比較高。

不過，隱藏醜陋的真相並裝做聖人，好像也是人的天性吧。

「要怎麼感覺是你的自由，但你就記住一件事情吧。和南雲為敵的學生一定都會被逼到退學。」

「既然這樣，我總覺得不與學生會長為敵才會是最好的呢。」

在目前為止被退學的人當中應該也有公然反抗打算拉下南雲的學生。但結果反駁的幼苗大概都被摘除並逼到退學了吧。既然這樣，不被他喜歡也不被他討厭地度日就會是最佳解答了吧。

這是我在和桐山的談話中，懷抱的認真且老實的感想。

「……你的意思是不會幫忙嗎？」

「我會幫忙。因為我也有無法退出的苦衷。」

「好吧。反正你也開始被南雲盯上了。再說，就算你不願意，近期內你也會了解到那傢伙是怎樣的人。我今後會把南雲的行動或消息散布給你。當然，會是在不違反規定的範圍內。之後就隨你去判斷吧。」

意思就是說，要不要活用那些材料都取決於我嗎？

我也覺得桐山比我想像中更提不起勁，感覺已經半放棄了。雖然會提供資訊，但好像還是打算避免過度的期待。

「老實說，我對你的印象根本就等於零。如果沒有體育祭上那場你和堀北學長的接力賽，我恐怕不會在這裡對你做出正式的協助要求。實際上，南雲會注意你，理由也是那場接力賽呢。」

意思應該就是說，那才是唯一策動桐山的「真相」吧。

雖然要是我事前就知道他和南雲之間的事，我就不會在接力賽上做出顯眼的舉止。

那個選擇導致我現在像這樣陷入要面對桐山的窘境。

「假如我覺得你不值得我提供消息，我就會立刻收手。」

「意思是說，否則桐山學長你就會有危險嗎？」

桐山雖然沒有出聲，但對於輕井澤提出的疑問，他還是靜靜地點頭同意。

雖然他應該很不服氣吧，但因為那就是現在南雲和桐山的勢力平衡狀態吧。

「還有，今後我一律不會和你直接見面。我們就隨意創個電子信箱互相聯絡吧。」

那對我來說也很令人感激。

在免費信箱上交流會是最好的。

「還有……萬一因為你的疏失導致我當內應的事情曝光，就先請你理解自己會有什麼下場吧。」

雖然他沒有直接說出口，但意思就是會帶我一起上路吧。

如果知道一年級裡有人為了拉下南雲而奔走，南雲就會緊咬上來。

把想說的話一次說完的桐山快步離開了這個地方。

「總覺得他從頭到尾給人印象都很差耶。」

「是啊。」

雖然這或許是因為桐山就是有這麼窘迫的關係就是了。

1

我們結束與桐山的密談後，總算踏上了歸途。

回家路上，走在後面的輕井澤對我搭了話。

「總覺得發展好像超出了我的想像耶。」

「妳是怎麼想的？對於剛才桐山副會長說的話。」

「那種事情我怎麼可能會知道。我覺得因為我不是很懂他怎麼會那麼討厭南雲學生會長。」

輕井澤的那些感想和我的非常類似。

或許……是君子不立於危牆之下。

為了讓堀北哥哥變成夥伴，我考慮過暫時與南雲為敵，但我開始隱約覺得那個選擇實在不太正確。

但悲傷的是，我因為和堀北哥哥在體育祭上享受的那場接力賽，不小心讓南雲對我產生了一定的興趣。

當然，如果我讓南雲認知是自己想太多，我覺得他馬上就會忘記我這種人的事情，但視情況不同，他說不定還是會採取行動把我排除。

如果按照周圍說的話去理解，南雲不會容忍自己的敵人。

「是說呀，剛才那是怎樣呀……你說的夥伴。」

「妳不喜歡嗎？」

「被擅作主張當成夥伴，就算我覺得不高興也沒辦法吧。」

「那我就撤回吧。」

「……如果你希望我變成正式的夥伴，不就應該要有相應的態度與誠意嗎？」

「那妳可以具體地告訴我，那個態度與誠意是什麼嗎？」

「錢？」

「喂。」

「我開玩笑的啦。畢竟清隆你這種人好像就連借我點數都會很傷腦筋呢。」

「我沒有在期待那種事情。」輕井澤說道。

也因為優待者的那件事，現在輕井澤確實擁有比較多個人點數。

「是說，堀北同學就沒關係嗎？說到清隆的夥伴，應該是她那邊才對吧。」

「她不過就是我的隔壁鄰居。只是這樣而已。」

我一再重複已經連自己也不知道對誰講過幾次的話。

「意思就是說，只有我受到你的認可？」

「妳有能力是事實。」

「……算、算是吧。」

當然，並不是說堀北沒有能力。

她的話，我想讓她在其他方面——作為領袖的資質上開花結果。然後平田和輕井澤遲早都會變成扶持堀北的夥伴。

不久，D班就會逐漸發展成強大的陣勢。我擅自這麼想像。

會不會變成那樣，可以說最後都將會取決於堀北的本領吧。

「沒辦法，我就當你的夥伴吧。」

雖然我目前為止也請她做了與夥伴身分相符的工作，不過我也在這裡重新得到了承諾。

「畢竟跟著你的話，說不定也可以有些賺頭呢。」

「雖然我是覺得……妳最好不要期待會比較好。」

硬要說的話，她說不定還會吃虧。

「妳說不定也會和我一起被認定成敵人。」

「意思就是被學生會長認定成敵人嗎？」

「就最有希望的人選來說，就是這樣了呢。」

「不過，就算和南雲學生會長為敵，清隆的話應該可以想辦法解決吧？」

「如果只是肉體強度或是學力高低，我不覺得會輸給他。」

「不愧是你。還真能講耶。」

輕井澤咧嘴一笑。

「不過，如果競爭變得要適用這所學校的規則，就沒有什麼絕對了。如果他使出了利用活祭品的自殺作戰，或許我就會被刻上退學的那種敗北了。」

「自殺作戰？」

「總之，妳就把它理解成是須藤和Ｃ班石崎他們糾紛事件的延伸吧。如果我們那時有拉攏站在判斷立場的學生會長，結果就會大有不同了吧。」

而且，如果可以把單純的暴力事件更往上一階段發展，應該也會有退學的狀況發生。

「嗯，我不是很懂。當時對那個事件完全沒興趣。」

「……這樣啊。那妳就別放在心上。總之不論妳希不希望，『讓人退學』本身都是比較簡單的。」

為此，這當然是排除付出的犧牲或風險之後才能有的想法。

「意思是說，假如他不顧旁人眼光地來找你，你也會很危險呢。」

因為她算是抵達了正確答案，所以我就把這當作ＯＫ吧。

「就是這樣。」

就像保護措施弄再多層也一定會有突破口一樣，我無法百分之百確實地防住對方的攻擊。

為了盡量防止那些攻擊，需要的會是智慧、會是幫手。

「緊急時刻我會幫助你的。」

「妳這夥伴還真是可靠呢。」

「你是發自內心這麼說的嗎？」

「嗯。」

「這、這樣啊。是說，清隆你呀，之前是怎樣的國中生呀？絕對很不普通吧。」

「我或許也可能是極為普通的國中生吧。」

「不可能不可能。如果你那樣算普通，世上的普通定義都要被顛覆了。」

輕井澤激烈地左右揮手，徹底否定表示不可能。

「你腦袋聰明，打架又厲害，平時卻很文靜。也有點感覺不諳世事的特質。老實說，做的事情卻很亂七八糟呢。」

「那就妳來看，妳覺得我是怎樣的國中生？」

「我就是不知道才問你的吧。」

她抱怨似的嘟嘴。

「就算是推測也可以喔。」

我總覺得變得很想問問看，於是就試著這麼反問。

「嗯~……」

輕井澤好像沒有馬上想出答案，她雙手抱胸歪頭苦思。

「如果這是漫畫之類的東西，我就會回答你是自幼就在嚴格的機關裡培育出來的特工還是什麼的就是了~我好像真的只想得到那些。」

輕井澤邊看著不相關的方向邊回答，說出了比我想像中更接近的答案。

「啊——我不知道了啦，我投降。正確答案是什麼？」

「祕密。」

「唔哇——先問人又不把答案說出來。」

「說起來我根本就沒說過會回答。」

「我總有一天絕對會讓你說出來。」

「不會出現有趣的話題，妳可別期待啊。」

「啊，開始下雪了。」

「…………」

輕井澤看起來不像是有在聽我說話。

天空稀疏地下起了雪。

從半夜下到早上的話，好像又會開始積雪。

我仰望天空，接著把視線移回輕井澤身上，結果發現她一直盯著我看。

「……話說回來，佐藤同學沒能交給妳，對吧。聖誕禮物。」

「誰知道。」

「你就算想蒙混也沒用。你或許從會合時就發現了吧？」

好像是因為和我相處久了，所以我在她的心裡贏得了超出必要的信任。

和佐藤會合時，她的背包裡露出了一點包裝紙。通常不會在今天這天毫無意義地把要交給其他人的禮物在約會前夕到處帶著走吧。

我感覺那十之八九是準備給我的東西。

恐怕是打算在告白成功時交給我吧。

「沒能拿到的心情如何？」

雖然她壞心眼地這麼提問，但我並沒有大受打擊般的心情。

「畢竟是你這種人，你一定沒有收到任何人的禮物吧？」

說完，輕井澤沒和我對上眼神，就把小袋子遞到了我的面前。

這是什麼？——再怎麼說這麼反問應該都很不識趣吧。

「這是我給你的聖誕禮物。你就心懷感激地收下吧。」

「我可以收下嗎？」

「這就像是沒交到女朋友的安慰吧。啊，回禮大概在兩倍左右的金額就可以了。」

「……這簡直就像詐欺耶。」

光是收下就確定是種損失了。

「是為了我買的嗎？」

「怎麼可能。我形式上姑且算是在和洋介同學交往，對吧？所以感覺就算只是形式上也要先做好準備。實際上我有和預定要送禮的女生們一起去購物，巧妙地做出了有效的應用。」

「做得還真周到。」

預先準備和平田約會，也先買了給平田的禮物。

不管別人怎麼看，他們兩個的關係都是無庸置疑的。

「先交給平田不就完美了嗎？」

「……是呀，通常的話吧。」

輕井澤難以啟齒地開口：

「欸，清隆。剛才關於洋介同學的話題，很不好意思，我要順便提一下……」

「嗯？」

「如果我呀……和洋介同學分手的話……會失去利用價值嗎？」

她提出了這種事。

「這就是妳沒送平田禮物的理由嗎？」

「就是這樣。我在你沒和佐藤同學順利進展之後才說是不是很狡猾呀？」

輕井澤害怕的是我在佐藤身上找出比輕井澤更大的價值。

就算是客套話，我也沒辦法說因為和平田分手所造成的風險完全沒有。

這個行為擺明會降低輕井澤惠這個人物的價值。

不過，那都已經是過去式了。雖然說價值會降低，不過仍在誤差範圍內。

「妳已經不是從前的妳了。就算平田這個存在消失，妳現在的地位也不會有任何變化才對。所以不會有任何不同。」

「可是——你應該沒想過我會和洋介同學分手吧？」

輕井澤心裡一定有不少不安。

面對這樣的她，我繼續說了下去：

「如果妳的價值就是繼續保持和平田之間的關係，那我早就會跟妳說今後也不要和平田分手了。沒那麼做，就是我的答案。」

面對輕井澤，這種表達應該最能帶來說服力。

正因為她都在我身旁看著我的想法，所以知道我不會犯下微不足道的失誤。如果平田洋介是不可或缺的零件，我就會指示她去守護他們之間的關係了。

但嚴格來說，這不是真相。

與其說是已經假想到輕井澤會想和平田分手，倒不如說是我刻意這麼安排。

我的目的就是促使她就算失去平田也可以自立，同時讓她把我當作新的宿主。總之，意思就是目前為止一切都進行得很順利。雖然她亂入我和佐藤的約會令我始料未及，但結果上來說，我和輕井澤卻得以有更強的連結。

「這、這樣呀……其實，我也稍微和洋介同學說過了呢。說了因為我們只是表面上的關係，所以繼續拖下去也不太好之類的話。我覺得很猶豫。」

說完，她更是繼續說下去：

「再說，雖然洋介同學的女友角色是權力受到保障的位子，但相對的該說是壓力嗎？那種東西也很強呢。」

她想在環境已經整備好的現在放下那個負擔。輕井澤這麼宣言。

我沒把那個可愛的謊言聽進去。

對我來說是沒什麼問題，但這從輕井澤的角度來看可是個失誤。

如果我站在輕井澤的立場，為了以防萬一，我會先留下保險手段。考慮到我變得無法利用時而先保留平田，考慮到平田變得無法利用時而先保留我，才會是最理想的。未雨綢繆——她有權利採用那個戰略。

那種事情輕井澤也很清楚。如果她在這狀況下否定了那種保險手段也沒關係。要持有好幾樣戰略，就會需要相應的體力也是事實。

因為微小的破綻而同時失去兩方，到時的打擊也會是兩倍以上吧。

以符合自己能力的戰略來構築自己就可以了。

「第三學期後，班上的人都會很驚訝吧。」

「那是當然的吧。」

平田和輕井澤這對亮眼的情侶，是跨越班級隔閡的知名存在。

尤其要說關於平田，當天內大概就會出現下一個女友候選人了吧。

「妳覺得那傢伙會和其他人交往嗎？」

「你問我，我也不知道。畢竟洋……不對，平田同學的事情，我也並不清楚。但他有某些地方和清隆很像，有種冷淡的特質呢。畢竟如果假裝和我交往，就會變得沒辦法和其他女生在一起，說不定他對戀愛沒什麼興趣呢。」

「你恢復了稱呼平田的方式，我的卻維持原樣嗎？」

「啊……這樣呀。恢復叫『綾小路』比較好嗎？」

輕井澤有點不服氣似的抬頭看我。

「不是這樣。要怎麼叫都是妳的自由就是了。」

雖然我現在的那一團也沒去掉稱謂，不過彼此都會直呼名字。

「這或許是個好機會呢。」

我停下腳步，回頭看著走在我稍後方的輕井澤。

「那我也會一般地叫妳『惠』。」

「噠唔哇！」

「……噠唔哇？」

「沒、沒沒沒、沒什麼！清隆你幹嘛也直接叫我的名字呀！」

「只有一邊在叫姓氏，一邊在叫名字，這樣我覺得有點不舒服。」

容易讓人有一種沒有完全掌握到彼此的距離感、焦距沒對好的印象。

如果惠希望我用名字叫她，配合她就會是件很自然的事情。

話雖如此，今後對周圍的人仍會維持稱呼對方綾小路、輕井澤的關係。

那很尋常且沒什麼差異。

「話說回來……我想姑且先對個答案。設計那場雙重約會的提議者不是妳，而是佐藤，我可以想成是這樣吧？」

「什、什麼嘛，說是設計。」

她這麼說來搪塞我，因為出奇不意被猜中，看得出來她很焦躁。

「雖然妳演得相當好，但佐藤有些舉止很奇怪呢。」

「啊——……你果然有發現呀？我也覺得佐藤同學表現得很奇怪呢。」

惠似乎也對佐藤的演技有點想法。

我把手插進口袋。

想起自己把小袋子就這樣放在裡面。

「對了，我也有聖誕禮物要給妳。」

「咦？騙人的吧！」

「騙妳的。」

「啥？你想被扁嗎？」

「正確來說只是個禮物啊。雖然我覺得對妳來說是不需要的東西。」

我從大衣裡拿出紙袋，把它遞給惠。

「……喂，藥妝店的袋子是怎樣呀。你在耍我嗎？」

她雖然這麼說，但還是確認了內容物，把膠帶撕了下來。

裡面出現的不是時髦的裝飾品，也不是可愛的娃娃。

「兩包感冒藥還有收據……？」

「收據的部分妳就別放在心上了，丟掉吧。」

「欸，這張收據上寫著二十三日上午十點五十五分耶……」

我明明就叫惠別放在心上了，她還是機靈地過目。

「我在買完那個的回程上，看到妳和佐藤兩個人在櫸樹購物中心。所以才會在比較早的階段就發現雙重約會是設計好的。雖然我本以為妳肯定生病了。真是完全出乎我的意料。」

「那麼……你沒傳來表示擔心我的聯絡是因為……」

「畢竟妳也沒戴口罩，我遠遠地看也知道妳很有精神呢。」

「既、既然你都替我擔心了……就別做這種拐彎抹角的事情，像是早一點來拜訪我也好，你至少也打通電話嘛。那樣不就可以確認了嗎？」

「我也不能在引人注目的宿舍直接拜訪妳的房間。雖然電話是很有效的手段，但我也考慮到那種狀況妳會逞強。因為妳不擅長示弱呢。」

「唔。可、可是結果呀，感冒藥的錢不是就浪費了嗎？」

「只是感冒藥費用的話，應該很便宜吧。而且還可以使用在其他機會上。」

「那……或許是那樣啦……這樣我以為你完全不擔心我而恨你，不就像是傻瓜一樣嗎？」

輕井澤說完，就低下了頭。

「屋頂上那件事情，我也深涉其中。我做出了就算被妳打也不能有怨言的殘忍事。雖然說是隔天，但如果做了不必要的聯絡，我覺得會給妳的身心帶來負擔，所以就避免那麼做了。雖然那好像也是多餘的顧慮呢。」

何止是我主動接觸，想不到輕井澤還主動來接近我。

「我沒有完全看透妳內心的堅強。」

「是、是呀。你可別小看我。」

「那就讓我對擁有堅強內心的輕井澤重新確認一件事情吧。」

「什麼啊，說要確認。」

「今後，我打算盡量避免引人注目。不過視情況不同，我說不定也可能必須像至今為止那樣在背後奔走。到時，妳就像至今為止那樣把力量借給我吧。」

「你那些話不會太晚說了嗎？你要在剛才的夥伴話題時講啦。」

「是啊。」

些許沉默後，輕井澤嘆了一口很明顯的氣。

「好，我會幫你。相對的，你也要盡全力保護我。畢竟我和平田同學之間的關係結束後，說不定也會發生各種麻煩的事情。」

「嗯，我答應妳。」

太陽在被覆蓋著厚厚雲層的彼端西沉。

我們一起注視著那個看不見的太陽。

「聖誕節也已經結束了呢。」

「我記得……二十四日傍晚到二十五日傍晚為止的一天是聖誕節嗎？」

所以，據說情侶們多半從二十四日晚上到二十五日傍晚都會一起度過。因為一般認為一起迎接變成二十五日的瞬間，對情侶們來說會是最幸福的事情。不過，感覺世上的聖誕節有著有點特殊的狀況。說起來，原本所謂的聖誕節祭典，就是繼承猶太教曆法的教會年曆中十二月二十四日至十二月二十五日的時段。

情侶們幾乎不會有人意識到猶太教或基督誕生之類的事。這可以說是到了近代順著流行被創造出來的節日吧。

今年的聖誕節，包含平安夜在內，我都過得相當匆忙。

這一年也快要結束了。

「差不多該回去了吧。」

「是呀。」

我邁步而出。

惠慢了我一些，也開始走起了路。

回想起來，這一年期間，距離拉得最近的人說不定就是我身後的惠了。

惠自己也有感受到那點吧。

察覺時，她就昇華到了不可或缺的存在。

把這個稱作朋友關係，對惠來說應該會有點沒禮貌吧……

不過，如果今後我可以斬斷像是以A班為目標，或與學生會的關係，總覺得到時候她說不定就可以變成朋友……不，是變成超越朋友的存在。

# 後記

寒冷的季節到了呢。各位是否著涼了呢？我是衣笠彰梧。

我才在想自己最近對感冒的抗性也開始提昇了，結果光是年底就表現出兩次生病的那種窩囊。不過，總覺得比起往年好像也開始大幅改善了。再幾年，完美無缺的衣笠就會誕生，還請各位敬請期待

去年也是埋頭在工作裡面的一年，不過那也很令人感激呢。雖然工作很辛苦，我也會覺得很討厭，但有事做是很棒的。不過，雖然開心，我接下來三年左右都塞滿了安排，這說不定也有點問題。真想偶爾花一個月左右去夏威夷，或拉斯維加斯之類的地方散散心呢～國外？我出生以來從來沒去過就是了呢。日本最棒了。

那麼，二〇一七年於是就這麼過去，並迎接了二〇一八年。新年一到，我就喝到十四代這種昂貴的日本酒，因此從中獲得了活力。雖然還有另一瓶昂貴的酒，但我不被允許開封。我今年也會努力並且期待明年的。

七點五集是定位在補充之前集數的故事。

我覺得這應該會是可以從屋頂事件向各位傳達角色各自在思考什麼、正在想些什麼的一集。

雖然是我不經意地寫完才發現的，但作品中的時間就只有經過三天……

不過，那部分就別想太深吧。

出版速度是第一次間隔三個月，那麼，下次第八集何時才送得到各位手裡呢？問我不具體寫出會在什麼時候嗎？因為寫了准沒好事呢！

第八集的內容會是第三學期開始的故事。短暫的休息也要結束了，準備進入特別考試。然後，至今為止主要都是D班對上C班的戰鬥，我想那種發展也將會逐漸有變化降臨。坂柳是不是會如宣言那般進入與B班之間的戰鬥呢？綾小路是否會開始與南雲戰鬥呢？而少了龍園的C班又會做出怎樣的抉擇……等等，也希望各位也可以關注這些內容。

那麼，各位。我們下次四月底再見吧～

……！

## 14歲與插畫家 1~2 待續

Kadokawa Fantastic Novels

作者：むらさきゆきや　插畫、企畫：溝口ケージ

**總覺得像是什麼都再也畫不出來，**
**心情就跟沉入泥沼一樣——**

職業插畫家京橋悠斗雖然獲得很高的評價，還是有畫不出來的時候。這時輕小說作家小倉來邀他去溫泉之旅，看來她似乎跟責任編輯吵架了。帶上十四歲的乃乃香，沒想到三人抵達的竟是家庭浴場！橫隔膜還做出讓人發出慘叫的超扯周邊，引發重大問題——!?

台灣角川

各 NT$180~190/HK$55~58

恵比須清司
插畫：ぎん太郎
我喜歡的妹妹不是妹妹
5
OREGASUKINANOHA IMOUTODAKEDOIMOUTOJYANAI
哥哥心目中的天菜，除了妹妹不做他想。
Kadokawa Fantastic Novels

國家圖書館出版品預行編目資料

歡迎來到實力至上主義的教室. 7.5 / 衣笠彰梧
作 ; Arieru譯. -- 初版. -- 臺北市 : 臺灣角川,
2019.01
面 ; 公分
譯自 : ようこそ実力至上主義の教室へ. 7.5
ISBN 978-957-564-701-8(平裝)

861.57 107019875

Kadokawa Fantastic Novels

# 歡迎來到實力至上主義的教室 7.5

（原著名：ようこそ実力至上主義の教室へ 7.5）

2019年1月16日 初版第1刷發行
2022年10月25日 初版第10刷發行

作　者：衣笠彰梧
插　畫：トモセシュンサク
譯　者：Arieru

發行人：岩崎剛人
總編輯：蔡佩芬
編　輯：黃怡珮
美術設計：宋芳茹
印　務：李明修（主任）、張加恩（主任）、張凱棋

發行所：台灣角川股份有限公司
地　址：104台北市中山區松江路223號3樓
電　話：（02）2515-3000
傳　真：（02）2515-0033
網　址：www.kadokawa.com.tw
劃撥帳戶：台灣角川股份有限公司
劃撥帳號：19487412
法律顧問：有澤法律事務所
製　版：巨茂科技印刷有限公司
ISBN：978-957-564-701-8